JN092510

SATOU

Illustration
Yoshimo

エルミナ
希少種族
ハイエルフの美少女。
こう見えて
大のお酒好き。
ルミナ
黒猫族の少女。
気ままな性格で、
トラブルを起こす
こともしばしば。
アシュト
本作の主人公。
魔法適性が「植物」だった
ために家を追放され、
魔境オーベルシュタインの
領主となる。
主な登場人物
CHARACTERS

アルカンシエル
神話七龍の「虹龍」。
見た目とは裏腹に毒舌。
でも意外と常識人。
アマツミカボシ
神話七龍の「海龍」。
おっとりしてるよぉ。
ごはん美味しいねぇ。
シエラ
神話七龍の「緑龍」。
アシュトを
優しく見守る。
アーカーシュ
神話七龍の「天龍」。
シエラのことが好き。
恋愛的な意味で。

第一章　アシュトの一日

魔境オーベルシュタインの片隅、緑龍の村の村長として日々働いている俺、アシュト。

最近は黒猫族のルミナという少女と仲良くなるために奮闘したり、仲間と一緒にハイピクシーの花園の危機を救ったりと、何かと忙しい日々が続いていたが……今日は俺の普段の一日を紹介したいと思う。

まず、日が昇ったばかりの朝。ベッドの上でまどろんでいると、ドアが開く。

「にゃう。ご主人さま、あさですよー!!」

「わぅん!!　お兄ちゃん、あさですよー!!」

銀猫族の少女ミュアちゃんと、魔犬族の少女ライラちゃんが、俺を起こすために入ってきたのだ。

この二人、銀猫族のリーダーであるシルメリアさんに鍛えられているおかげか、寝坊は絶対にしない。決まった時間に俺を起こすのはもはや日課となっている。

俺はベッドから起き、背伸びをする。

「ふぁ……おはよう、ミュアちゃん、ライラちゃん」

「にゃあ。ご主人さま、温室にいく?」

「フレキたち、もうすぐ来るよ?」

「うん。着替えるね」

「にゃぁぁぅ……」

「くぅぅん……」

起こしに来てくれたお礼に、頭を撫でる。

ネコミミとイヌミミを揉み、顎をすりすりしてあげると喜ぶんだよね。

撫で終わると二人は物足りなそうにするけど、いつまでも撫でてはいられないから仕方ない。

俺は着替え、外へ出る。二人は朝食の準備のお手伝いにシルメリアさんの元へ戻った。

「おはようございます師匠!!」

「ちっす、村長」

「おはよう、フレキくん、エンジュ」

外に出た俺にそう挨拶をしてくれたのは、ワーウルフ族のフレキくんとダークエルフのエンジュ。

「まんどれーいく」

「あるらうねー」

『オハヨウ、オハヨウ!!』

「おはようございます。村長」

そして薬草幼女のマンドレイクとアルラウネ、植木人のウッド、そしてフレキくんの妹のアセナちゃんだ。最近は、基本的にこのメンバーで温室の手入れをしている。

「みんな、おはよう」

フェンリルのシロにあげるエサをアセナちゃんに渡し、みんなで温室へ向かう。

デリケートな薬草が多いため、日々の手入れは欠かせない。春になって数か月、天気のいい日が続くので、たった一日で小さな雑草が生えてしまう。

温室に到着すると、すでに慣れた作業を開始。

「よし。ウッドは俺と一緒、マンドレイクとアルラウネはエンジュの手伝いを、アセナちゃんはシロにエサをあげてから、フレキくんの手伝いをよろしくね」

確認するまでもないが、俺は毎朝言っている。

温室は四つあり、俺が二つ、エンジュとフレキくんが一つずつ使っている。

俺の温室が二つあるのは、研究用と薬品用で、栽培する薬草を分けているからだ。

研究用は、異なる薬草同士を配合させて作った実験用の薬草を育てている。失敗も多いが、失敗の先に成功があると信じている。

薬品用は名前の通り。村で治療に使う薬草や、ハイエルフからもらった薬草を育てている。

「ウッド、よろしくな」

『ガンバル!!』

朝の日課はこんな感じだ。

手入れが終わると、朝食を食べるために解散する。

エンジュは一人暮らしで、銀猫族が朝食の支度をしているのだが……

「アセナ、またご馳走になるで」

「構いませんけど……」

こんな感じで毎朝、エンジュはフレキくんの家でご飯を食べているみたいなんだよな。

すると、アセナちゃんはジト目でフレキくんを見る。

「うっ、な、なんだよアセナ」

「いえ。別に」

きっと『マカミさんはいいのか？』って思ってるのかも。

エンジュはフレキくんのことを気に入っていて、わりとオープンに好意を伝えている。でも、フレキくんの幼馴染であるマカミちゃんもフレキくんのことが好きで、アセナちゃんはそのことをなんとなく察している。当のフレキくんはマカミちゃんの気持ちに気付いてないけど。

うーん、三角関係ってやつだ。フレキくん、頑張れ。

みんなと解散し、新居に戻る。汗を軽く拭いて着替え、ダイニングに向かうと、美味しそうな朝食の香りがした。

「おはよう、アシュト。お疲れ様」

「おはよう、ミュディ」

「おはよ、お兄ちゃん」

「お兄ちゃんおはよー!!」

「おはよう、シェリー、クララベル」

「おはよう、アシュト。毎朝ご苦労様」

「おはよう、ローレライ。日課だしな。ウッドも手伝ってくれるし楽なもんだ」

奥さんのミュディ、クララベル、ローレライ。そして妹のシェリーもダイニングに集合していた。

朝食の準備はシルメリアさんと、銀猫メイドのシャーロットとマルチェラが担当している。

俺たちが席に座ると、ミュアちゃんに引っ張られてエルミナが来た。エルミナも俺の妻の一人。

「にゃう。つれてきた」

「おっはよ……あーお腹へったぁ」

「おはようエルミナ。つーかお前、髪ぼっさぼさだぞ。また寝坊したんだな」

「う、うっさいわね」

全員揃(そろ)ったので朝食を食べる。うん、今日もシルメリアさんたちの銀猫ご飯は美味しいです!!

朝食が終わると、それぞれが仕事に向かう。

ミュディは製糸場、エルミナとシェリーは農園、ローレライは図書館。クララベルは……

「クララベル、今日はどこに行くんだ?」

「ハニエルとアニエルのところ!! あの二人、お菓子作りがすっごく上手なんだよ!!」

整体天使姉妹のところか。

クララベルはここのところお菓子作りにすっかりハマり、いろんな種族からレシピを聞いている。

さて、俺も仕事に向かうか。

薬院に入ると、ベッド下からルミナがにゅっと出てきた。

「くぁぁ……」

「ルミナ。まったく……起きるのが遅いぞ」

「みゃう……眠かったんだ。いいだろ、べつに」

ルミナは猫みたいに伸びをして起き、俺に身体を擦り付ける。

仕方ないので撫でてやると、猫みたいに喉をゴロゴロ鳴らした……すっかり飼い猫だな。

でもまあ、仕事はちゃんとやるし今回はいいか。

そこにフレキくんとエンジュが来る。

「師匠。今日もご指導よろしくお願いします!!」

「おいーっす、よろしゅう頼むでー」

「みゃあ」

この四人が、薬院で勤める薬師だ。ルミナは薬師というか俺の助手だけどな。

仕事はまず、薬品の備蓄確認から始まる。これはフレキくんがやってくれる。

その間、俺とエンジュは薬品精製の準備。ルミナに道具の名前を教えながら準備すると、フレキくんが羊皮紙の束を片手に戻ってきた。

「胃腸薬と火傷軟膏、包帯の備蓄も少ないですね……エルダードワーフさんたちの間で金属製品が流行りだしてから、火傷の患者さんが多いです」

「あー、そういえば、置物造りが流行してるんだっけ」

エルダードワーフたち、自分たちの造った置物が魔界都市ベルゼブブで人気があるって知ってから、空いた時間でよく造るようになったんだよな。作業工程で窯を使うらしく、それで火傷の患者が増えてる。

「アルォエの備蓄は？　あと天然包帯用の薬草」

「んー、どちらもかなり足りていないです。採取可能なアルォエは二日前に採ってしまいましたし……師匠の魔法で成長させてもらえば」

「わかった。あとは胃腸薬か」

「はい。こちらはハイエルフさんたちが大量に使ったようですね……その」

フレキくんはちょっと言い辛いのか、言葉を濁す。

「えっと、エルミナさんがお酒の試作品を大量に造って……試飲をしたハイエルフさんたちがお腹を壊してるみたいです……」

俺は頭を抱える。あいつ……勘弁してくれよ。

「胃腸薬と整腸剤の備蓄を増やそう。エンジュ、薬草だけじゃ足りないかもしれない」

「ほんなら、腹痛にはクマノイがええで。わかるやろ？」

クマノイ……クマの魔獣の胃のことだな。

「ああ。バルギルドさんたちに頼んで、クマの魔獣を狩ってもらおう」

「よっしゃ。ウチが話をしに行くで」

エンジュは駆け足で出ていった。

「よし、俺はアルォエを魔法で成長させる。フレキくんは薬院で待機。できるなら包帯を作っておいて。やり方はこの間教えた通り……できる？」

「はい!!」

「ルミナは、フレキくんのお手伝い。フレキくんにいろいろ教わってな」

「みゃあ……わかった」

薬院は、こんな感じで忙しい日もある。


お昼を過ぎる辺りから、多少はヒマになる。

午前中は大変だった……火傷したドワーフたち、腹を壊したハイエルフ、鱗(うろこ)がはがれて血が出たサラマンダー族、枝で指を切ってギャン泣きするハイピクシー、爪(つめ)が割れて泣いてるブラックモール族……いろんな人がやってきた。怪我人が多いよ。でも、お昼になると一段落する。

昼食に薬院の休憩室でシャーロットとマルチェラが作ったサンドイッチをみんなで食べ、一休み。

午後は俺一人、薬院で仕事をする。

エンジュとフレキくんは自分の研究や勉強をする。俺の教育方針として、午前中はしっかり仕事をして、午後は自習や研究の時間としていた。

俺もまだまだ勉強不足。一人でみっちり勉強をする。

「でも……」

俺は薬院のベッドを見る。

「みゃう……」

「にゃぅぅ……」

ベッドの上では、ルミナとミュアちゃんがお昼寝をしていた。

お昼を食べ終わったルミナはベッドの上でお昼寝を始め、お茶を運びにきたミュアちゃんも一緒に寝てしまったのだ。シルメリアさんが怒っていたが、俺がそのまま寝かせるように言った。

シルメリアさんは不満そうだったが……こればかりは譲れなかった。

だって、見てよ。

「にゃぁぅぅ……」

「はむはむ……」

ルミナがミュアちゃんのネコミミをはむはむしてるんだぞ？

こんな可愛い光景を見られるなんて……しかも、二人の尻尾がくるんと絡み合っていた。種族は違うが、こうして見ると仲のいい姉妹猫に見えなくもない。

とても癒される……可愛い。

二人が起きるとにゃーにゃー騒がしくなったが……それも可愛いからいいや。

勉強のあとは、入浴と夕飯。

「さて、今日も一日忙しかったな」

就寝までの間、読書をして過ごすのが日課だ。

実家のビッグバロッグ王国にいるヒュンケル兄（にい）やリュドガ兄さんに連絡することもあるけど、二人とも忙しいので頻繁（ひんぱん）にはしない。

あと、最近復縁した父上に連絡することもあまりない。やっぱりまだ気恥ずかしい。

「よし、明日も頑張ろう」

本を閉じ、ベッドに潜る。これが俺の日常。薬師として充実している。

「おやすみ……」

よし、明日も頑張ろう!!

第二章　住人たちのお休み事情

「あいつつつ……村長、もちっと優しく頼むぜ」

「はいはい。というか、炉（ろ）の中に腕を突っ込むなんてこと、二度としないでくださいよ」

「がっはっは。火傷は職人の勲章（くんしょう）よ!!」

「はぁ……ルミナ、軟膏を」

「みゃうー」

診察室にいるのは、俺とルミナ、そして鍛冶担当のエルダードワーフの職人、バロッゾさんだ。

バロッゾさんはエルダードワーフの移住者の第二……いや、第三陣だったか？　ともかくその時に村にやってきたエルダードワーフの一人で、ミスリル鉱石の加工を得意としている。

マーメイド族と取引しているミスリル製品は、バロッゾさんの造ったものが多く流通している。

作業中に火傷をしたというので診察室に来たら、右腕の肩から指先まで酷く爛れていた。当の本人は平然としていたけど。

「みゃあ、動くな」

「おう。ありがとよ、ネコ娘」

「ネコ娘じゃない。ルミナ」

「いってでででで!?」

ルミナはバロッゾさんの腕にぐりぐりと軟膏を塗り込んでいく。

俺は火傷に効くアルォエの葉を溶かし、複数の薬草を練り込み、伸ばして乾燥させた天然の包帯を準備した。天然物の包帯なので身体や肌に優しく、治りも早くなる。

どんな病気も治せるハイエルフの秘薬を使ってもいいけど、命にかかわる重傷ではない限り使わないようにしていた。

ルミナと交代し、バロッゾさんの指先から腕に向かって包帯を巻き、魔獣の皮で作った頑丈な固定具で腕を吊る。

「はい。これで終わりです」

「おいおい、動かせねぇぞ。これじゃ風呂も酒も楽しめねぇ」

「三日後に包帯を替えますので、それまでお風呂は駄目ですよ。お酒も駄目。仕事もお休みです」

「なな、なんだとぉぉぉっ⁉　ふ、風呂が駄目⁉　酒も、仕事も駄目だと⁉」

「あ、当たり前ですよ‼　重症ですよ重症‼　笑いながら診察受けてる場合じゃないんですよ⁉」

「おぉぉぉ……そんな馬鹿な」

「鍛冶組リーダーのラードバンさんにも伝えておきますからね。約束を破ったら……」

「つぐ……わーったよ」

酒と風呂が好きなエルダードワーフにとっては辛いかもしれないが、薬師として強く言った。

「休み……つっても、なにすりゃいいんだ？」

「んー……読書とか」

「どくしょぉ～？　がはは、オレみてぇな学のないエルダードワーフが本なんか読むと思うか？」

「でも、本を読んでるドワーフの方もいますよ。字は読めるんですよね？」

「まぁな。カカァに習ったけどよ……」

「じゃあ、試しに行ってみたらどうです？」

「むぅ……わかった」

バロッゾさんはズンズンと歩いて出ていった。何度も言うが重症患者だ。あんな風に歩いて帰れるわけないいんだけどなぁ。

それにしても、少しだけ思った。

「休み、か……」

村のみんなは、ちゃんと休みを取っているのかな？

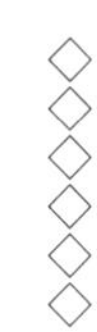

「休み？　交代で取ってるよー？」

ハイエルフの農園で働くメージュに、住人……もとい従業員の休み事情を聞く。

ブドウ農園、果樹園、畑、クリ園と、村の収穫物は非常に多い。ハイエルフの里から持ち込んだ野菜や果物もある。

サポートで入っている派遣の悪魔(デヴィル)族たちも交代で休みを取っているらしい。まぁこの辺りは秘書のディアーナが上手くやっているのだろう。

仕事は、六日働いて一日休みというサイクルだ。毎日数人が休みを取り、アスレチックや読書などをして過ごしているとか。

「ちなみに、メージュの休日は？」

「あ、あたしは別に。アスレチックで運動したり、本を読んだり、一日お風呂に入って疲れを癒したり――」

「メージュ、最近は龍騎士団の宿舎に遊びに行ってる」

「……る、ルネア!!」

メージュの背後から、ハイエルフのルネアがニュッと顔を出して暴露（ばくろ）。

ああ、そういえば。メージュって騎士団長のランスローといい感じなんだっけ。

「こんのっ!!　変なこと言うなーーーッ!!」

「く、くぇぇ……くるひい」

「お、おい。ルネアの顔色が紫（むらさき）に……」

メージュはルネアの首を絞め、ルネアはパタパタ抵抗する。この二人も仲良しだよな。

とにかく、農園関係の住人はちゃんと休んでいるようだ。

「休みだぁ？　おいおい、仕事しねーといい汗流せねぇだろうが。美味（うま）い酒を飲むにはいい労働、そして風呂がねぇとな!!　なぁラードバン」

「アウグストの言う通り。ま、たまーに釣りもするが仕事が一番よ」

「おいラードバン、おめーんとこのバロッゾが怪我したみてーだぞ。おめぇ、ちゃんと監督しとけや。なぁマディガン」

「がっはっは。ドワーフに火傷は付きモンだ。なぁワルディオ」

「あぁそうだ。それよか村長、火酒（かしゅ）用の炉を増築してーんだが、いいか？」

……なんかこの人たちに『休め』って言っても無駄かも。

エルダードワーフの最初の五人衆、アウグストさん、ラードバンさん、マディガンさん、ワルディオさんを集めて話を聞いたが、どうも仕事をしないと死んでしまうようなくらいの勢いだ。目的は酒……美味い酒を飲むために仕事をしている。

「あれ、そういえばマックドエルさんは？」

「ああ、あいつなら穴倉に戻った。火酒用の燃料を取りにな」

マックドエルさんは最初の五人衆の一人で、エルダードワーフの故郷から道具や燃料を運ぶ係だ。エルダードワーフの故郷は『穴倉』と呼ばれ、話を聞くとどうも地下にあるらしい。しかも地下には巨大なお風呂があるとか……ちょっと行ってみたい。

「ま、心配すんな。ちゃーんと時々休みながらやるからよ!!」

「は、はぁ……あいでっ!?」

アウグストさんが俺の尻をバシッと叩き、この話は終わった。

「休み？　もちろん取ってるんだな!!」と、ブラックモールのポンタさん。

「叔父貴、休みとは一体？」と、サラマンダー族のグラッドさん。

『休み？　わたしたちは毎日遊んでるわ!!　お休みなんてないの!!』と、ハイピクシーのフィルことフィルハモニカ。

「……以前よりは仕事が減りましたので。まぁ、読書の時間は増えましたね」と、闇悪魔族(ディアボロス)のディアーナ。

「……オレたちに戦うなと？」と、デーモンオーガのバルギルドさん。

『オラ、モンバン』と、樹木の巨人フンババ。

『ヤスミ……ソンナモン、オレニハカンケイナイネ』と、植物の狙撃員ベヨーテ。

『きゃんきゃんっ!!』と、フェンリルのシロ。

うーん。休んでる人は休んでるみたいだけど、銀猫族みたいに仕事が生き甲斐の人もいるから迂闊(うかつ)に『休んで』なんて言えないな。

俺は村の東屋(あずまや)に座り、一息入れた。

「ふぅ……」

「ふぅ～っ」

「うわっひゃぁぁぁっ!?」

耳に熱い吐息……隣を見ると、クスクス笑う神出鬼没(しんしゅつきぼつ)のシエラ様がいた。もう慣れたと思ったのに……こうもタイミングを外した不意打ちはズルい。

「こんにちは。アシュトくん」

「ど、どうも」

「ふふ。なにかお悩みかな？」

俺はシエラ様に、現在の村の労働環境について相談することにした。

「ふ〜ん。まぁ、焦らなくて大丈夫よ。この村の種族たちはみんな長寿だし、お休みのことを考えるのは千年二千年後でも大丈夫。みんな今の仕事が楽しくて仕方ないのよ」

「そんなもんですかね……？」

「ええ。それに、私が主催のお茶会だってまだでしょ？」

そういえば、神話七龍を集めて同窓会を開くとか言ってたっけ。

「ヴォルカヌスがマグマの中でお昼寝したまま起きないのよ。他の子にはお話をしたんだけどねぇ……ヴォルカヌス抜きで開くと、あとで怒るだろうし」

「ははは……」

「ごめんね。もう少し待ってて。きっと楽しい同窓会になるから!!」

「は、はい」

神話七龍の同窓会なんて、ぶっちゃけ恐怖しかないけど。

でも、今が楽しいのならそれでいいのかな。無理に休ませることがいいこととは限らないし、しばらくは様子見でいいかも。俺だって自分の時間を大切にしているけど、半日は仕事している。何もしないで休むなんてこと、今までほぼなかったしな。

「アシュトくん。よかったら一緒にお茶を飲まない？　シルメリアちゃんに美味しいお茶を淹れてもらいましょ」

「そうですね。では、一緒に行きましょう」

さて、今日の予定は……シエラ様とのお茶会かな。

第三章　エルミナのお酒～未完成～

エルミナの研究所。

コメから酒が造れるかもと言っていたエルミナのために空き家を一軒使わせているのだが、家というより研究所っぽくなっていたのでそう呼んでいる。

俺はメージュ、ルネア、それとハイエルフのシレーヌとエレインを連れエルミナの研究所に来た。

家の中はエルミナの着替えが散乱し、食事の跡も残っている。

壁にはたくさんのメモ書きが張られ、大きな机の上には実験道具や実験に失敗したコメの残骸が残っていた。

というか、家の中が臭う……窓を閉め切っているので匂いが籠り、室内はとんでもなく臭い……勘弁してくれ。

足の踏み場もないくらい荒れた部屋で、エルミナは実験を繰り返している。

「あ。みんな!!」

「あ。みんな!!　……じゃないだろ。窓くらい開けろよ」

「ん、ごめんごめん」

みんなで窓を開けると、外の爽やかな風が室内へ。濁った空気が外へ押し出され、新鮮な空気が室内を満たす。

　エレインが、部屋を見渡しながら言う。

「エルミナちゃん。お掃除してるの？」

「んー、銀猫たちが何日かに一度掃除してくれてる。毎日掃除するって言うんだけど、実験もあるしあまり荒らされたくないからね」

「ってか、荒らされるとかそういう次元じゃないじゃん」

「う、うっさいわね」

　シレーヌのツッコミにそっぽ向くエルミナ。ルネアはエルミナの下着を指でつまみ、顔を歪める。

「汚い」

「さ、触んないでよ!!　ってかアシュトは見るな!!」

「わ、わかったよ」

　顔を部屋の隅に向けると、そこには小さなネズミがいた。

『よお、来たのか』

「あれ、ニックじゃないか」

　ネズミのニック。

　古龍の鱗の実験に協力してくれたネズミで、今は村の住人だ。ネズミたちは住居の害虫駆除をしてくれるありがたい存在となっている。俺はそのうちの一匹のネズミにニックと名付け、目印代わりに小さな首輪を付けてやった。意外と喜んでいたのが嬉しかったね。

ニックは、小さな黒光りする虫を掴んでいた。

「そ、それ……」

『ああ。この家、ぼくらには天国だぜ。住みやすいし温かいし虫はいっぱい湧いてるし。今はこの家を拠点にしてるんだ』

「そ、そうなんだ……」

要は、ネズミに好まれる家になっていたようだ。

エルミナを見ると、メージュに部屋の汚さについて叱られている。ニックたちは村の住人だしとやかく言うつもりはないけど、ネズミに好かれる家ってどうかと思う。

「ん、どうしたの村長？」

「あ、いや。なんでもない」

ニックのことは住人に伝えたけど……この家が気に入られているってのは言わなくてもいいか。

それより、なんで俺たちがこの家に来たかと言うと。

「エルミナ、研究もいいけど農園の手伝いもしろよ。最近農園に来ないってメージュが心配してたからな」

「べべ、別に心配してないし!!　村長、そこまで言わなくてもいいって!!」

「あ、ごめん」

エルミナは、コメから酒を造る研究に没頭している。でも、なかなか上手くいっていないのか、家でも頭を悩ませていることが多かった。

シレーヌが俺の肩をちょいちょい叩く。

「エルミナ、普段はおちゃらけた能天気娘だけど、ああ見えてハイエルフの里では秀才なのよ。頭の回転も速いし、若いハイエルフから慕(した)われてるしね……酒癖は悪いけど」

そんなエルミナが悩んでいる……なんとか協力できないかな。

「とりあえず、みんなで部屋の掃除をしよう。環境が整えば少しは頭も冴(さ)えるだろ。いいか、エルミナ？」

「ん……わかった。ありがとう」

というわけで、ハイエルフ娘たちと一緒に、部屋の掃除を始める。


「うげ、汚い……」

「人の下着を汚いって言うな!!」

メージュがエルミナの下着をつまみ苦い顔をした。

エレインが服や下着を籠(かご)に入れ、外へ洗濯に出ていった。俺とルネアとシレーヌは部屋の掃除を始め、メージュは洗いものをする。エルミナは実験道具を整理し、捨ててよさそうなものを選別していた。

シレーヌは、窓を拭きながら言う。

「コメから酒ねぇ……ほんとにできるの？」

「できる。私はそう思うわ」

エルミナは断言する。それに対して、床を拭いていたルネアが言う。

「コメ、焼いたお肉やお魚と一緒に食べるの美味しい」

「あー確かにな。焼いた魚の身をほぐして混ぜて食べても美味いし、サシミを乗せてタレをかけて食べても美味いよな……あー、今夜のメニュー決まったな」

「いいなぁ……村長。わたしも食べたい」

「いいぞ。よかったら今夜、みんなで来いよ」

「うん。ありがとう」

「ちょっとそこ!!　手が止まってる!!」

「わ、悪いエルミナ」

ルネアとまったり話し込んでいるとエルミナに怒られた。

コメは美味い。それだけでいいと思うんだけどな……酒が造れるかもしれないってのはすごいけど、村には美味しいお酒がいっぱいある。

セントウ酒から始まり、麦を使ったエールや、同じく麦を使ったドワーフの火酒、ブドウから造られる上質な赤、白ワインとか、お酒には困っていない。

エルミナがここまでする理由は一つ……酒が大好きだからだ。

「っと、ん？　……なんだこれ」

箒（ほうき）で掃（は）き掃除をしていると、本に埋もれるように木箱が出てきた。というかエルミナ、借りた本をこんな扱いして……読書好きのローレライが知ったら怒られるぞ。

俺は木箱を持ち上げ、テーブルの上に置く。

「エルミナ、この木箱は？」

「えー？　なにそれ……忘れたわ。捨てていいわよ」

「中身は捨てるけど、木箱は勿体ないから取っておくぞ」

「いいわよー」

とりあえず中身を確認して捨てようと、木箱の蓋を開けた時だった。

「ん？　――っうわ⁉　なんだこれ⁉」

中にあったのは、コメだった。

ただし、乾燥して白い糸が引き、カチカチになっている。甘いような、どこかクリみたいな匂いもする……でも、腐っているようには見えない。水分が全て飛んでしまったような状態だ。

「おいエルミナ……実験に使ったコメはちゃんと食えよ」

「あはは、ごめんごめ……」

エルミナは箱の中にあるコメを見て目の色を変えた。

そして、俺を押しのけ木箱のコメを掴み、手でほぐす。

「……これ、今まで見たことのない反応だわ。アシュト、これ」

「し、知らないぞ。本に埋もれた木箱の中にあったコメだ」

「……クリみたいな匂い。それに、甘さもありそうね……うん、これ、お酒に使えるかも‼」

「え、エルミナ？」

「ありがとうアシュト!!　大好き!!　ん～ちゅっ♪」

「おっぷ!?」

エルミナは俺に抱きつき、思いきりキスをした。

放心していると、エルミナは片付けた実験道具を引っ張り出す。するとシレーヌが隣に来た。

「よくわかんないけど、スイッチ入ったね」

「え？」

「エルミナ、何かわかったみたいだよ」

メージュとルネアも頷く。

「ま、農園に引っ張り出すのはまた今度でいいや……ああなったエルミナは止まんないしね」

「うん。メージュ、エルミナのことわかってる。さすが一番の親友」

「う、うっさいルネア!!」

「うぐぐ……」

メージュはルネアの頭を脇で抱え、思いきり締め上げる。

そこに、部屋のドアが開きエレインが洗濯から戻ってきた。

「戻りました～♪　あら、みなさんどうしたんですか？」

「ん、エルミナのスイッチ入ったみたい。とりあえず……あたしらは帰ろっか」

シレーヌが部屋を出ると、エレインや、ルネアの頭を絞めているメージュも出ていった。

エルミナはもう、俺たちのことは見えていないようだ。実験道具を片手にとびきりの笑顔を見せている。

「ふぅ……頑張れ、エルミナ」

エルミナの酒造りは、まだ始まったばかりだ。

第四章　銀猫たちの戦い

アシュトに忠誠を誓う銀猫族。彼女たちは銀猫族専用宿舎で寝泊まりしている。

毎朝早くに起き、特定の住人の世話をするのが主な仕事。世話の対象は主にドワーフたちだ。ドワーフは家事能力が皆無なので、銀猫たちが食事や掃除をしているのである。

それとは別に、村の施設関係は銀猫たちが管理をしているのも多い。

銀猫族のリーダーはシルメリア。

その補佐にマルチェラとシャーロット。

この三人は数いる銀猫たちの中でも別格。見た目ではわからないが年長者であり、他の銀猫たちが小さい頃から面倒を見てきたのである。そのため、この三人がアシュトに仕(つか)えるのは当然だ。

アシュトの家のすぐ傍にある使用人の家にはシルメリア、補佐のシャーロットとマルチェラ、シルメリアからいろいろ教わっているミュア、薬草幼女のマンドレイクとアルラウネ、魔犬族のライラ、そして少し扱いは違うが黒猫族のルミナが住んでいる。

この家に住めるのは光栄なことであり、アシュトの傍で仕事をする彼女たちは、銀猫たちにとって羨望(せんぼう)の的であった。

そんなある日。銀猫たちに、チャンスがやってきた。

深夜だが、銀猫たちの宿舎は明るい。全員が一階に集まっているのだ。

全員が寝間着姿で会話はない。朝食会場でもある一階ホールにはテーブルが並び、全員が静かに座っている。

静かだが、彼女たちは一様に尻尾が動き、ネコミミがピコピコ動いている……見る者が見れば銀猫に落ち着きがないのはあきらかだった。

そして、宿舎のドアが開く。

「遅くなりました」

給仕服に身を包んだ銀猫、シルメリアだった。

アシュトの屋敷での仕事を終えて来たのである。まだ入浴も済ませておらず、態度や顔には絶対に出さないが、やや疲れているようだ。シャーロットとマルチェラがいないのは、アシュトの家で留守番をしているからである。

銀猫たちは立ち上がり、シルメリアに頭を下げた。

「お待たせして申し訳ありません。では、さっそく始めましょう」

そう言ったあと、シルメリアは全員がよく見える位置に移動した。

「では、ご主人様のお仕え銀猫を誰にするかを決めたいと思います」

アシュトのお仕え銀猫はシルメリア、シャーロットとマルチェラ、そしてミュアの四人だが、最近仕事の量が増え、四人だけでは手が回らなくなってきたのである。

そこで、もう一人補佐を選び、使用人の家に住ませることにした。朝はそれぞれの仕事があるため、誰がアシュトの家で仕事をするのか選ぶのは深夜となった。

シルメリアは、とりあえず聞いてみる。

「では、立候補……聞くまでもありませんね」

立候補と言った瞬間、全員が挙手した。それはそうだ。ご主人様のアシュトが住む家は銀猫たちにとって最高の職場。誰もが望む仕事である。

困ったことに、銀猫たちの家事の技量は同じレベル。ぶっちゃけ誰でもいい……とは言えないシルメリア。そのため、最も求められる家事能力ではない技量に目を付ける。

「では、戦闘能力……ではなく、『運』で決めましょう」

ご主人様に対する愛を比べて争うことは無意味。なら、銀猫一人一人が持つ運の強さで勝敗を決めるしかない。

以前、アシュトとシェリーがもめていた時にやった方法で決めることにした。

シルメリアは、事前に準備していた箱をテーブルの上に乗せる。

「では、これより『クジ』で決めたいと思います。一人一つ、この箱の中にあるクジを引いてもらいます。そして私が引いたクジと同じ模様のクジを持つ銀猫を補佐に任命します」

「「「「「「「………」」」」」」」

銀猫たちは静かに頷く。

どんな時でも、不必要に騒がない。彼女たちは淑女(しゅくじょ)の心得を備えていた。だが、尻尾とネコミミだけは正直に動いている。

「では、一人ずつお引きください」

シルメリアの前にある箱から、銀猫たちは一人ずつ折り畳(たた)まれた小さな羊皮紙を引く。

全員が羊皮紙を引き終わったのを確認したシルメリアは別の箱を取り出す。

「こちらの箱から一枚引きます。私が引いた模様と同じ模様を持つ銀猫が、新しい補佐です」

「「「「「「「………」」」」」」」

ぴくぴくと、ネコミミが揺れる。

シルメリアは箱に手を入れ……一枚の羊皮紙を取った。

そしてそれ開き、全員に模様を見せる。

「こちら、ミュアが書いた『ネコ』模様を持つ銀猫が、新しい補佐です。確認を」

羊皮紙には、可愛らしいネコが書かれていた。このクジはミュアやライラたちが作ったものだ。

銀猫たちは一斉に折られたクジを開き……

「……私です!!」

一人の銀猫が挙手をした。

新居の自室で読書をしていると、一人の銀猫がティーカートを押して入ってきた。

ミュアちゃんかなと思ったが、俺と同い年くらいの見た目で、長い銀髪を三つ編みにした銀猫だ。

「あれ？　メイリィじゃないか。どうしたんだ？」

「はい!!　本日より使用人の家に住むことになりました。これからはシルメリアさんの補佐として、ご主人様のために働きます!!」

「そっか。よろしくな」

メイリィは嬉しそうに尻尾を揺らし、ネコミミもぴくぴくさせながらお茶の支度をしている。

今日のお茶はカーフィーとクララベルの作ったクッキー。読書しながらのカーフィーは最適だ。

この苦みがなんともいえない。

「ご主人様、お茶です」

「ありがとう」

俺専用のカップに真っ黒なカーフィーが湯気を立てている。

クッキーも焼き立てだ。マーブル模様で砂糖がまぶしてあるクッキーで、クララベルのお菓子作りの腕前が上がっていることがわかる。

さっそく一つ齧(かじ)る。

「うん、美味しい」

「クララベル様、毎日お菓子作りを頑張ってるみたいです。ナナミの作ったジャムを分けてもらいに来たこともありますよ」

「へぇ〜、銀猫のナナミのジャムか。頑張ってるんだな……あ、メイリィちょっと来て」

「はい？」

俺はクッキーを一つ摘(つ)まみ、メイリィの口の中に入れた。

「不意打ち成功。味はどう？」

「ふ、ふにゃっ……おお、おいしいです‼」

「よかった。おっと、シルメリアさんには内緒な？　こんなの見られたら怒られる」

「にゃうぅ……は、はぃぃ」

メイリィは顔を真っ赤にしながら、ティーカートを押していった。

ちょっと悪戯(いたずら)してしまった……悪いことしたかな？

「ま、うまいからいいや」

俺はもう一つクッキーを齧り、カーフィーを味わった。

「にゃぅぅ……えへへ、ご主人様に食べさせてもらっちゃった」

メイリィは幸せだった。補佐に入って一日目でさっそくアシュトに甘やかしてもらったのである。

アシュトの笑顔に癒され、クッキーの甘さに酔いしれる。

クジ運に恵まれたことに感謝し、ティーカートを押してキッチンへ。すると、シルメリアが昼食の仕込みをしていた。

「メイリィ、こちらの手伝いをお願いします」

「はい!!」

「……なにかありました？」

「いい、いいえ別に……」

「……」

メイリィは汗を流し、シルメリアから視線を外す。

シルメリアはメイリィを見て、にっこり笑った。

「メイリィ、口にクッキーの食べかすが」

「にゃっ⁉」

「付いていませんが……なるほど、補佐初日につまみ食い……いえ、ご主人様に食べさせてもらったのですね？」

「……」

冷や汗をダラダラ流し、メイリィは引きつった笑みを浮かべた。

「まぁ、いいでしょう。でも、他の銀猫に知られたら羨ましがられますね」

「うう……き、気を付けます」

「はい。では、こちらの手伝いを」

「はい‼」

シルメリアは、厳しくも優しい。

こうしてメイリィは、アシュトの新しい使用人となった。

第五章　エルミナのお酒～ふとしたきっかけ～

「ん～……もう少しなんだけど」

エルミナは一人、研究所で悩んでいた。

コメから酒を造る仕事を始めて数か月にして、コメの研ぎ汁のような乳白色の酒ができた。

もちろん、これもれっきとした酒だが、甘味が強すぎる。エルミナはそこが不満だった。

器具を置き、着替えや下着が脱ぎ散らかしてあるソファに座る。

「はぁ……アシュトには怒られるし、酒造りは上手くいかないし……疲れた」

乳白色の酒を住人たちに味見させすぎて、腹を壊す者が続出。さすがにやりすぎだとアシュトに叱られてしまったのである。

悩むエルミナの肩に、首輪を付けた一匹のネズミが乗る。

『よう、悩んでるみたいだな』

「ニック……害虫駆除ありがとね」

『気にすんな。それより、美味い酒を頼むぜ』

「あいあーい……」

ネズミのニックは、エルミナと仲良くなっていた。

汚い研究所の住み心地がよく、今や村中のネズミが屋根裏で暮らしている。

最初に知った時は驚いたが、今では害虫駆除をしてくれる頼もしい同居人、いや同居ネズミだ。

意外にも、甘い乳白色のコメ酒が好きらしい。平皿に注いで屋根裏に置くと、屋根裏はネズミたちの宴会場に早変わりだ。

すると、研究所のドアが開き、一人の少女が入ってきた。

「あ、いらっしゃい」

「……」

「お菓子あるわよ。アルラウネドーナツに、甘クリ、あと剥いたセントウも」

「食べる。ちょうだい」

「いいわよ。おいでおいで」

「……みゃう」

黒猫族のルミナだ。

ここに来れば、いつでも好きな時におやつを食べれるのに気が付き、頻繁に来るようになった。

ただ、条件としてエルミナの隣で食べなくてはいけない。しかもエルミナはルミナの頭を撫でたり、ネコミミをカリカリするのだ。

「ふふ、おいで」

「みゃあう。おやつ」

「はいはい。果実水もあるからね」

エルミナの隣に座り、さっそくドーナツに手を伸ばす。

銀猫たちからもおやつをもらっていたが、食べすぎだとシルメリアに怒られてしまい、決まった時間にしか食べられないのである。

エルミナは、ルミナを撫でながら言う。

「ミュアたちも可愛いけど、私はあんたが一番好きかも」

「みゃう……なんでだ」

「だって、名前が似てるんだもん。私はエルミナ、あんたはルミナ。ね？」

「……どうでもいい」

ドーナツを食べ、甘クリに手を伸ばす。やはり、村で作ったおやつは美味しい。自然と顔が綻ぶルミナ。

「お前、酒はできたのか？」

「んーん。まだまだ完成には遠いわ……なに、応援してくれるの？」

「べつに。なんとなく」

エルミナはルミナを撫でながら破顔する。ルミナはプイッとそっぽ向き、甘クリを一つ掴んだ。

ルミナがソファで丸くなり昼寝を始め、エルミナはニックを肩に乗せて研究を再開した。

「コメから酒は造れる。でも、真っ白くて甘いまま……どうやって透明にするか」

エルミナは悩み、ウンウン唸(うな)る。

「……温めてみよう」

何度か加熱してみたが、特に何も変わらなかった。

でも、なんとなくそこにヒントがあるような気がして、エルミナは乳白色の酒をまた加熱させる。

キッチンのかまどは汚すぎて使えなかったので、暖炉の中に鍋を入れて温めた。

「温めても美味しいんだけどね……銀猫族も美味しいって言ってたし」

暖炉にしゃがんで様子を観察していると、ドアがノックされた。

「はーい!!」

「エルミナ、ちょっと手を貸してほしいんだけどー!!」

「メージュ？　どったの？」

「収穫した果物を運んでるんだけど、ちょっと手ぇ貸してー!!」

「えー？　……まぁ、ちょっとだけね」

そう言って、エルミナは暖炉の薪を少しずらして火を弱め、メージュの手伝いに出ていった。


それから一時間後。

「みゃぁぅぅぅん……くぁぁ」

ルミナが目を覚まし、大きく伸びをした。

「……あれ、あいつ」

エルミナがいないことに気が付く。どこかへ行ってしまったらしい。

ルミナも自分の家である薬院のベッド下に帰ろうと立ち上がる。

汚い部屋の中を歩き、出口へ向かおうとした時だった。

「みゃうっ⁉」

暖炉の近くで、木箱に躓いてしまった。

木箱の中身がバサッと放り出され、暖炉、そして温まっていた乳白色の酒に降りかかる。

箱の中は『灰』だった。暖炉の消火用にエルミナが準備していたもので、鍋の中の乳白色の酒は、見るも無惨な灰まみれになってしまった。

「みゃ、みゃあ……ど、どうしよう」

火も消えてしまった。さすがに悪いことをしたと思うが、ルミナはまだ子供だった。

「……し、しらないっ」

そのまま部屋を出て、慌てて薬院のベッド下に帰ってしまった。

この日、エルミナは帰ってこなかった。

収穫物の運搬後に酒に誘われ、実験の鍋のことをすっかり忘れてしまったのである。

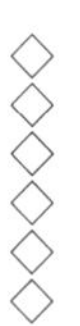

翌日。ルミナは、温室の手入れをしていた。

アシュトの手伝いをしているのだが、昨日のことが頭にこびりついて離れない。

ネコミミが萎れてしまっているのを見たアシュトは、ルミナに聞く。

「おい、どうしたんだ？」

「……なんでもない」

「なんでもないなら、ネコミミが萎れたりしないだろ。尻尾も元気がないし……何かあったんなら話してみろよ」

「……みゃう」

ルミナは顔を上げ、アシュトを見る。

アシュトは、柔らかな笑みを浮かべて手を拭き、ルミナの頭を優しく撫でる。

甘えたい——ルミナは本能に抗えず、アシュトのお腹に頭を擦りつけ、ポツポツ言う。

「きのう、あのハイエルフの家に行った……」

「エルミナか？」

「うん。白いお酒造ってた。あたいは寝てたんだけど、起きたらいなくて……帰ろうとしたら躓いて、箱に入っていた灰をひっくり返して、お酒が灰まみれになっちゃった」

「…………」

「あたい、何も言わずに帰ってきちゃった……」

「……そっか」

アシュトは、昨夜のことを思い出す。

メージュの手伝いをしたエルミナは酒に誘われ、そのまま飲み会に行った。エレインとシレーヌに担がれて帰り、そのまま寝てしまったはず。おそらく、エルミナはまだ知らないだろう。

「じゃあ、一緒に謝ろうな。大丈夫、きっと許してくれる」

「みゃう……」

エルミナは謝れば許してくれる。そう思い、アシュトはルミナを優しく撫でた。

「ごめんにゃさい……」
「エルミナ、許してやってくれ。悪気はなかったんだ」
「あー……大丈夫。私も鍋のこと忘れて飲み会行っちゃったし……ほら、大丈夫だから。ね？」

「みゃあぅ」

ルミナは素直に謝り、エルミナは許した。というか、最初から怒っていなかった。

アシュト、エルミナ、ルミナの三人は、後片付けのためにエルミナの実験所に向かう。

実験所に到着しドアを開けると、アシュトは渋い顔をする。

「きったねぇ……この間片付けたばかりなのにな。こりゃ足をぶつけても仕方ないな」

「う、うっさいわね。あれから掃除はちゃんとしてるわよ‼」

「ウソつけ」

「みゃう」

「むぅぅ……とにかく、片付け手伝ってよ‼」

暖炉の近くに行くと、確かに木箱が転がり、灰が落ちていた。

火は消え、鍋の中に灰が――

「あらら、灰まみれ――え」

エルミナの表情が凍り付いた。真顔になり、鍋を見つめている。

「エルミナ?」

「みゃう?」

「み、見て……うそ、なんで」

アシュトとルミナが鍋を覗(のぞ)き込む。

「え……」

「みゃ……」

鍋の中の乳白色の酒は、透明な上澄(うわず)みと白いアクが分離していた。

「と、透明……だよな？」

「な、なんで……る、ルミナ、灰を入れたって言ったわよね？」

「う、うん」

「……それしか考えられないわ」

エルミナは、震える手で鍋を掴み、白いアクを丁寧に取り除く。

鍋には、透明な液体だけが残った。

「の、飲んでみるわ」

「お、俺もくれ」

コップに透明な酒を入れ、乾杯もせずに二人は匂いを嗅ぎ、ゆっくりと飲む。

「――っ!!」

「――っ!!　う、うまい……まろやかで上品な味わいだ。辛(から)みもあるけどそこまでじゃない。しかも、完全な酒……すごい、すごいぞ!!」

エルミナは酒を飲み干し、ルミナを思い切り抱きしめた。

「みゃう⁉」

「ありがとう……ルミナ、ありがとう!!」

「え、え」

「灰だったのよ……ルミナのおかげで、ようやくお酒が完成したわ!!」

「みゃあ……そ、そうか」

「ん～……やっぱりこの子、私の妹にする!!」

「みゃっ!?　は、離れろ!!　あたいに姉はいない!!」

この日、『エルミナのコメ酒』は、一応の完成をした。

第六章　ディミトリとアドナエルの戦い

「ヘイヘイ!!　久しぶりダゼ、アシュトチャンYO!!」

エルミナのコメ酒が偶然完成した数日後。

天使族(エンジェル)の上位種である熾天使族(セラフィム)のアドナエルが、白ワインの瓶(びん)を片手に俺の家にやってきた。

「げっ……あ、アドナエル」

「オイオイ今『げっ』って言わなかった?　さすがのオレも傷つくゼェ～?　エィィンジェル!!」

「ご、ごめん」

だって喋(しゃべ)り方とテンションがうっとおしいから……とはいえない。

後ろにいた秘書のイオフィエルが静かに頭を下げる。なんかすっごく久しぶり。

純白の髪に青い瞳の男性アドナエルは、黙っていればダンディなおじさんに見える。

白いスーツで、シャツの胸元は大きく開き、意外にも分厚い胸板が見える。腹筋も割れているような気がした。首には金のチェーンをしているし、お洒落(しゃれ)な格好だ。

イオフィエルは、ショートカットにスレンダーな体型の美女だ。希薄な雰囲気があり、触(ふ)れれば折れてしまうような儚(はかな)さを感じる。秘書というだけあって佇(たたず)まいも穏(おだ)やか。二人きりになると会話が弾(はず)まず緊張してしまうタイプだな。

「久しぶりだけど……なんか用事？」

「フフン。報告だゼェ～？」

アドナエルは大げさに驚き、両手をひらひらさせゲラゲラ笑う。リアクションがデカい。

そして、イオフィエルが言う。

「アシュト様。アシュト様のお作りになられた入浴剤と保湿クリーム、並びにセントウ酒は、天使(エンジェル)族の町ヘイブンで大人気商品となっております。アドナエル・カンパニー独占販売ですので、当社の利益は……くくく」

「なにその笑い……でもよかった」

アルォエクリームと、浴場で使ってるセントウを使った入浴剤のことか。

ちなみに、天空都市ヘイブンではアルォエが自生しないらしい。地上にしか生えない薬草がけっこうあり、ここでは当たり前の薬草が天空では貴重品だったりする。

「天空都市ヘイブンか……どんなところだろう」

「オウオウ、天空の大都市に興味がおありかい？　ウチのボスもアシュトチャンに会いたがってたぜぇ～？」

「……ぼす？」

俺が首を傾げると、イオフィエルがキリッとした表情で言う。

「神話七龍の一体である『天龍アーカーシュ』様の眷属であり、熾天使族の族長、そして天空都市ヘイブンの市長でもあるお方……我らのボス『大天使ミカエル』様です」

へぇ。これまで、神話七龍の眷属には会ってきた。

『夜龍ニュクス』の眷属、ルシファーとディアーナ。

『海龍アマツミカボシ』の眷属、ロザミア。

俺も『緑龍ムルシエラゴ』の――つまりシエラ様の眷属……あのいたずらお姉さん、優しいし頼りになるけど、この世界に『緑』をもたらした偉大なる存在なんだよなぁ。

『天龍アーカーシュ』は、この世界に『空』を作ったって言われてるけど。

「そのミカエルさん？　まさかここに来たりは……」

「さぁ？　あのお方もお忙しいので……ですが、あなたにお会いしたいと仰っていました。セントウ酒のお礼を言いたいと」

「そ、そうか……別にいらないって言っといて。取引だし、礼を言われるようなことじゃないし」

「かしこまりました」

お偉いさんと交流するのはしんどいからな。大都市の市長って枠はルシファーだけで十分だよ。

「わ、話題を変えよう。そういえばさ、天使族のマッサージ店が盛況みたいだ。ハイエルフ女子や悪魔族たちも、仕事終わりによく利用している」

「オウオウ、そりゃよかったゼェ〜」

「そこでアシュト様。実は本日、私どもからの提案を聞いていただきたく思いまして」

「は、はい?」

イオフィエルは、転移魔法で数枚の羊皮紙を手元へ。そしてそれらを俺の前に並べる。

「これは……」

「転移魔法陣の設置計画、そして『天空都市ヘイブン』への通行許可です。まずはこちらの書類をご覧ください」

そこに記されていたのは、なかなか面白い話だった。

転移魔法陣を村に設置。この村から天空都市ヘイブンまで魔法陣で繋ぎ、いつでも自由に転移可能にするという。魔法陣設置の狙いは、ハイエルフや悪魔族の観光のため。

「村の施設は確かに立派です。大浴場、図書館、どれも天空都市ヘイブンにはないものばかり……ですが、天空都市ヘイブンにしかないものもあります。飲食店やカフェ、洋装店、アクセサリーショップ……もちろん、美容関係の品も多くあります」

この村には美女が多い。マッサージ店や浴場でその美しさはさらに磨かれていると言っても過言ではない。そんな彼女たちに提供したいのが、大都市でのお買い物や観光だという。この村にはないお店で手軽にお買い物ができるように、転移魔法陣を設置したいとのこと。

「もちろん、技術流出への対策は万全にさせていただきます。安全面などもありますので、そちらは別紙に記載し、ディアーナ様へお送りします。どうかご検討を」

つまり、アドナエルたちは、この村の女性に『娯楽』を提供したいんだ。

のんびりするにはこの村は最適だ。

畑仕事を終え、風呂に入って酒を飲む。たまの休みにはのんびり釣りでもしながらアスレチックガーデンで汗を流す……そんな感じだ。でも、買い物やゆっくりお茶なんかしたい日もあるだろう。

「うん、検討するよ」

「ありがとうございます」

すごいな、これ。アドナエルの同業者――闇悪魔族(ディアボロス)のディミトリが知ったら悔しがるぞ。

「クククククッ、ディミトリ商会の会長さんの悔しがる姿が浮かぶぜェ～？」

アドナエルも同じことを思ったらしい。そしてまた、イオフィエルが話し始める。

「転移魔法陣の設置にはいろいろ制限があるのです。短距離転移なら問題ありませんし、個人が転移魔法を使用することも大丈夫。ですが、誰でも使用可能な魔法陣を常時発動させるとなると、各種方面の許可や、魔力申請などがあるので大変なのです」

「魔力申請？」

「はい。転移魔法陣も魔力で起動していますので、魔法陣を発動させる魔法師が必要なのですよ。私どもの場合ですと、ミカエル様が発動させています」

「へぇ～……すごい魔力量なんだな」

「はい。天使の中では間違いなく最大量ですね」

俺とどっちが上かな、なーんて。

俺の場合、量とかよくわからないからな。シエラ様曰く『残りの人生全て魔力放出に捧げても魔力が尽きることない』ってことだし……まぁ冗談だろうけど。

「とりあえず、ディアーナと相談してみる」

「よろしくお願いいたします」

「頼むゼ!!　ククク ッ、今日はいい気分だァ～。アシュトチャン、一緒に風呂でも入ろうゼェ～?」

「遠慮します」

「エィイイインジェルッ!!」

天空都市ヘイブンかぁ……俺も行ってみたいな。

アドナエルがアシュトに天空都市の話をした数日後。話を聞いたディミトリが唸っていた。
「ムムム……アドナエル社長め。またまたワタクシを置いて、アシュト村長に取り入ろうとするとは!!」
ディミトリは、アドナエルのことを嫌って――は、いない。
憎い商売敵と思っているが、自分と同世代であれだけの経営手腕を持つアドナエルを、尊敬……とまではいかないものの、評価はしていた。だが、許せないこともある。

アシュトに……緑龍の村に目を付けたのは、ディミトリが最初だ。

「クゥゥッ……出し抜きたい。なんとかアドナエル社長を出し抜いて、アシュト村長とワタクシの間に入るのは不可能だと思わせたい‼」

「あの、会長。お店で騒がないでくれますか？」

ディミトリの娘であるリザベルがため息を吐(つ)いた。

ここは『ディミトリの館・緑龍の村支店』であり、今はカーフィー専門店だ。店長はリザベル。

いろいろな魔道具を並べたり、入れ替えをしたりしてみたが、一番の売れ筋がカーフィーだとわかり、経営方針を大幅に変更した。おかげで、カーフィーの売れ行きは順調。カーフィーの種類も百を超え、魔界都市ベルゼブブにある専門店と遜色(そんしょく)ない品ぞろえである。

「アシュト村長はアドナエル社長と仲良しですからねぇ。古い友人である会長のことなんて、もう忘れているのではありませんか？」

「ノォォォォォ‼　り、リザベル、そういうことを言わないでくれますかネェ⁉」

「事実ですから」

「事実じゃありませェェエン‼　ええい、アドナエル社長がアシュト村長との距離を詰めるなら……ワタクシはさらに、その先を行くまで‼　では失礼‼」

ディミトリは、風の如(ごと)き速さで店を出ていった。

ディミトリの手には、一本の高級ワインがあった。

魔界都市ベルゼブブにあるディミトリ商会本店の地下には大金庫があり、社長と、社長夫人しか開けることが許されない。商会とっておきの品物が収められている宝箱のような金庫である。

そこから持ち出した、ディミトリ秘蔵の一本。それが、千年に一度しか実を付けない『サウザンマスカット』から精製された、とっておきのワインである。

「ククク……これをアシュト村長に!!　そうすれば、アドナエル社長のことなど吹っ飛び、ワタクシの方に戻って来てくれるはず!!」

いつの間にか、寝取られた恋人を取り戻すような思考になっているディミトリ。本人も気付いていない。

今、アシュトは薬院にいる。軽快なステップで薬院へ向かい、ドアをノックしようとした瞬間。

『いやぁ、悪いな……ほんとにいいのか？』

『モチのロンだゼェ～？　この「水晶メロン」は、千年に一度しか収穫されない、希少なメロンなのヨゥ!!　ウチの分と、アシュト村長の分と、二個収穫できたゼェ～』

『いい香り……うん、ありがたく頂戴するよ。何かお礼できればいいけど』

『気にしなさんナ!!　今後とも御贔屓（ごひいき）に――』

「ちょぉっと待ったァァァァッ!!」

耐えきれず、ディミトリは薬院に飛び込んだ。

驚くアシュト。そしてアドナエル。机の上には、キラキラした水晶のようなメロンが置いてある。

「グヌヌヌヌッ……アドナエル社長!! 抜け駆けとは許せませんネェ!!」

「抜け駆けェ？ フフゥン、オレはアシュトチャンに贈り物しに来ただけだゼェ？ そういうディミトリ会長サンこそ、その手にある高級ワインは何だァァイ？」

「いや、これはその……ええい!! そうです贈り物ですアナタと同じ考えです!! ですが、何度でも言います!! この村に目を付けたのはワタクシが最初!! 二番手なら二番手なりの礼儀というモノがあるのでは⁉」

「はっ……確かに礼儀はある。だが……ディミトリ会長サン、アンタのところとオレのところ、どちらが先に『経営権』を勝ち取るのか、常にバトルで決めてきたはずダゼェ⁉ 一つの町で互いに店を出し合い、売り上げがいい店の勝利となる!! 負けた方は……オサラバ、さ」

「ぬ、ぬ……た、確かに。ですが、ここでそれを言いだすということは、負けた方は緑龍の村から撤退せねばならない……」

「オウよ。居心地がよくてついつい『経営バトル』をしなかったが……そろそろ決めないとナァ？」

「…………面白い」

ディミトリはワインを置き、スーツの襟を直し、はめていた手袋をアドナエルに投げた。

「アドナエル社長!! 決闘です!!」

「オウよ!! 緑龍の村での経営権を賭け……バトルだぜェ!!」

互いに顔を合わせ火花が散る。完全に置いてきぼりのアシュトは、ポツリと言った。

「えーと……とりあえず、ここ薬院だから静かにしてくれ」

数日後。緑龍の村にある、お客様を迎える来賓邸でディミトリとアドナエルは向かい合っていた。

事情を聞いたアシュトは、とりあえず二人に勝負をさせることに。

隣にはエルミナがいて、アシュトに耳打ちする。

「で、どうすんの？　負けた方、店を畳むの？」

「そこまでさせないよ。とりあえず勝負させるだけだ」

アシュトとしても、どちらかが村を去るなんて悲しい結果は望んでいない。

アシュトは成り行きで二人に審判を任されたので、バトルについて説明する。

「えー……勝負の内容は、今日、男湯と女湯で出される『スペシャルドリンク』の数で決定する」

男湯、女湯にて、本日限定で『スペシャルドリンク』を無償で出す。中身は、ディミトリ商会は『ブドウ果実水』、アドナエル・カンパニーは『メロン果実水』だ。贔屓がないように、勝負を知るのはここにいるアシュト、エルミナ、ディミトリ、アドナエル、リザベル、イオフィエルだけ。

集計は、浴場で働く銀猫族にやってもらう。当然、ここに不正はない。

「まぁ、勝負してるなんて俺たち以外知らないよな」

「そうね。で、これがドリンク？　もらいっ」

エルミナが、テーブルに置いてある『ブドウ果実水』を手に取り、飲んでみた。

「……ん!? んんん、うんまぁぁぁぁっ!? なにこのブドウ水、めっちゃ美味い!! ブドウの酸味、甘味が絶妙に絡み合って、すっきりした喉越しがなんとも言えないわ!! これ、風呂上がりに飲むのに最適!! おかわり!!」

「ククク……」

ディミトリがニヤニヤ笑い、ソファで足を組み替える。アドナエルはギリギリ歯ぎしりをした。

「じゃあこっちも……」

エルミナは『メロン果実水』に手を伸ばし、ゴクゴク飲む。

「ん、これは——あ、ぁぁぁ!? おいしい!! 甘いけど飲みやすい!! メロンの上品な甘みが溶けて全身に染みわたるぅ!! 甘いだけじゃない。わずかな酸味が喉を刺激して、もっともっと飲みたくなるわ!! おかわり!!」

「フフゥン……」

「ギギギギ……ッ」

ディミトリがハンカチを噛んでいた。

「お前はさっきから何を言ってるんだ……でも、確かにどっちも美味いな」

アシュトも、ブドウとメロンの果実水を飲んで感想を口にした。

勝負は今から十二時間。勝負のためだけに、村民浴場の開放時間を少し遅らせた。

アシュトは、部屋の壁際にいた銀猫族のオードリーを呼んで、「じゃあ浴場をオープンして」と言う。オードリーはダッシュで来賓邸を出た。

「じゃ、勝負開始」

十二時間後に、全ての決着がつく。


一時間後。アシュトは読書の手を止め、二人を見た。

一応、審判なので十二時間はこの部屋にいないといけない。読みたい本はたくさんあるし、退屈ではなかったが、エルミナは早々に飽きたのかアシュトの肩を枕にしてグースカ寝ていた。

「なぁ、ディミトリにアドナエル……負けた方は、店を畳むのか？」

「はい。それが決まりですので」

「オォウ。当然」

「悪いけど、店は畳ませないぞ。ディミトリのカーフィー店がなくなると困るし、アドナエルのマッサージ店がなくなるとミュディたちが泣く。二人を納得させるために勝負は許可したけど、店を閉めるのはダメだ」

「「…………」」

「なぁ。喧嘩するなとは言わないけど……もっと仲良くできないのか？　そんな嫌わなくても」

「……別に、嫌ってはいません」

ディミトリが、アドナエルをチラッと見て言う。

「認めたくはありませんが、アドナエル社長の経営手腕は素晴らしいと思います。エエ、そこは認めましょう。ワタクシに匹敵するとと」

「フン……それはこっちのセリフだゼ。ディミトリ会長……あのルシファー市長以外に、オレの敵になる悪魔がいるとは思いもしなかったゼ」

「フン!!　ですが、実際の売り上げでは、我がディミトリ商会のが上ですけどネェ!!」

「ハァァァァン!?　寝言は寝て言いな!!　今期の売り上げは我が社のが上!!　マッサージ、美容品ともに緑龍の村の目玉になってるしナァァ!!　カーフィー？　そんなもんすぐ飽きられるゼェ!!」

「何ィィ!?　アナタ、カーフィーがアシュト村長の大好物だと知らないのですかネェ!?　聞きましたかアシュト村長!!　アドナエル社長はアシュト村長の大好きなカーフィーがお嫌いですって!!」

「ノンノンノンノン!!　ディミトリ商会サマの口車に乗っちゃノウだぜアシュト村長ヨォ!!　相変わらず口が汚ネェ会長さんダゼェ!!」

「「グヌヌヌヌヌヌヌヌッッ!!」」

顔を突き合わせ、ディミトリとアドナエルは睨み合う。

すると、アシュトは「ぷっ」と噴き出した。

「いや……ははっ、似た者同士だな、お前たち」

「「ハァ!?」」

「勝負の行方も面白くなりそうだ。さーて、美味い果実水でも飲みながら待ちますかね」

アシュトはのんびり、読んでいた本の続きを読み始めた。

それから十時間後……日が傾き始め、終了の時間となった。

銀猫のオードリーが、勝負の結果が書かれた羊皮紙をアシュトに渡す。

「では、結果発表しまーす」

「「………」」

「えー……ディミトリの『ブドウ果実水』が五百二十杯」

「フフフ……これはワタクシの勝利ですかネェ!!」

「アドナエルの『メロン果実水』が五百二十杯」

「「……エ」」

「同数により、勝負は引き分けとなります。お疲れ様でしたー」

ゆるっとしたテンションで頭を下げるオードリー。

「チョチョ、あ、アシュトチャァン!? どど、同数?」

「うん。同数だって」

「エェェェ!? ばばば、馬鹿な!? こんな結果、今までなかった!!」

「いやー……驚き。なんとなく、今までのパターンからこんな結末になるような気がしたけど、マジで引き分けとは」

「そんなァァァァッ!?」

「ノォォォォ!?」

互いに絶叫し、がっくり項垂(うなだ)れる二人。だが、アシュトは笑っていた。

「二人とも、これからもよろしくな!!」

「「………………ハァイ」」

こうして、ディミトリとアドナエルの勝負は、引き分けで終わった。

二人がトボトボ帰ったあと、ようやくエルミナが起きた。

「くぁぁ……あれ、終わった？」

「ああ、引き分け」

「ふーん……偶然ってあるのねぇ」

本当は——どちらかが敗北しそうな場合、アシュトは同数で発表するつもりだった。

不正の泥を被っても、どちらかが去るなんて嫌だった。だが……結果は本当に同数だったのである。

「ディミトリとアドナエル。騒がしい二人だけど、いないと寂しいもんな」

アシュトは、ブドウ果実水とメロン果実水の瓶を眺めながら呟いた。

第七章　みんなしっかり休みましょう

ディミトリとアドナエルの勝負から数日後。俺は温室の手入れをしていた。

今日はウッド、マンドレイクとアルラウネの三人だけ。ここ最近フレキくんに任せっぱなしだったから、たまには俺が頑張ろうとフレキくんに休みを出したのだ。

温室に向かうと、フェンリルのシロが尻尾を振りながら出迎えてくれた。

『きゃんきゃんっ』

「おはようシロ。ご飯を持ってきたぞ」

『きゃうんっ!!』

肉と豆を炒めたものをシロの前に置くと、勢いよく貪る。別の皿にたっぷり水を入れて置けば、シロの朝ご飯は完了だ。

次は温室の手入れ。

「みんな、よろしくな」

「まんどれーいく」

「あるらうねー」

『ガンバル、ガンバル!!』

雑草を引き、薬草の状態をチェックする。

「うん、どれも元気そうだ。土の状態もいい」

摘み頃な薬草もいっぱいある。

薬院に行って薬の在庫をチェックして、足りない薬を精製するか。火傷軟膏と傷薬、あとは鍛冶場で働くドワーフたちが最近熱で目がやられたって言っていたし目薬を、あとは飲みすぎ用の酔い覚ましと胃薬、整腸剤に……あ、ミュディに頼んで絹の包帯を作ってもらわないとな。あと銀猫たちの貧血用の薬も作って……そうだ、ハイエルフの秘薬用の薬草もチェックだ。秘薬はまだ数が少ないからあまり作れないし、ストックは多めに準備しておきたい。

『アシュト、アシュト!!』

「……ん？　ああウッド、どうした？」

『アシュト、オツカレ？　ハナシカケテモシャベラナイ……』

「え、ああ悪い。ちょっと考え事してた」

考え事をすると黙り込んで周りの声を聞かなくなる癖を治せって、シェリーに言われてたっけ。

俺はウッドを撫で、草取りを終えたマンドレイクとアルラウネの手を綺麗に洗い、日差しが強くなりそうだったので温室に日光避けの覆いをした。

「よし、朝ご飯にするか」

「まんどれーいく」

「あるらうねー」

『ゴハン、ボク、ヨウブンキュウシュウ!!』

「はは。家に帰ったらたっぷり養分を吸えよ。マンドレイクとアルラウネはシルメリアさんがご飯を用意してるからな」

朝の手入れはこれでおしまい。朝食を食べたら仕事の時間だ。

朝食後、薬院に行こうとしたらディアーナがやってきた。

「おはようございます。確認事項がいくつもありますので、執務邸へお越しください」

「は、はい」

なんか怖い。機嫌悪いのかな。

執務邸とは、ディアーナたちの住む家であり、この村の食品や製造品の管理数をチェックする場所だ。果物がどれだけ収穫できたとか、鍛冶場で何を作ったとか、交易品とかの管理をしている。

最近、データが膨大になったので、専用の資料室を建てた。先を見越して一軒家サイズで造り、中には移動式の本棚が置いてある。ここに全ての資料を移動させ管理していた。

「「おはようございます。村長」」

「ああ、おはよう。セレーネ、ヘカテー」

ディアーナと一緒に執務邸に行くと、事務員のセレーネとヘカテーが挨拶してくれた。この二人に会うのも久しぶり。

「……なんか、痩せた？」

「あら、お上手ですね」

「ふふ、ありがとうございます」

「…………」

いや、褒めているわけじゃない。俺にはわかる。これは……疲労による痩せ方だ。頬もこけてるし目の下に隈もある……明らかに睡眠不足。そして栄養失調だ。

俺はディアーナを見る。さっきは気が付かなかったが、こちらもやや痩せていた。

「……お前もか」

「……仕事が溜まっています。書類の確認を」

そうか、そういうことか。

村の規模が大きくなるにつれ、ディアーナたちの負担が増えているんだ。

今まではは収穫物とか製造品とかをザルに管理していたけど、悪魔族(デヴィル)と取引が始まってからはそうはいかない。自分たちが作ったものを卸(おろ)し、お金に換えることが村では当たり前になりつつある。

でも、誰がその管理をしているのか？

くそ、気付かなかった……そんなの、この三人がやってるに決まってるじゃないか。

たった三人で、住人たちが卸す品の管理をしているなんて……無理に決まっている。なら、やるべきことは一つ。

「ディアーナ、事務員を増やそう。悪魔族(デヴィル)で会計が得意な子はいないのか？」

「……探していますが、なかなか」

「気付かなくて悪かった。お前たちが倒れでもしたら大変だ。大至急、事務員の増員を手配する……ルシファーに頼むか」

「だ、大丈夫です!!　お兄様の手を煩(わずら)わせるほどでは」

あ、こいつ……兄貴に相談してないな？

「ディアーナ、ルシファーに頼るのはダメなのか？」

「そ、そこまですることではないということです」

「そうは思えない。悪いけどお前の意見は却下。ルシファーに相談するから」

「……っ」

俺は執務邸を出て駆け足でディミトリの館へ。くそ、ルシファーに『リンリン・ベル』を渡しておけばよかった。

カウンターでカーフィーを飲みながら読書しているリザベルがいた。こいつ、サボってるのかよ。

「おや村長。いらっしゃいませ」

「店員がカーフィー飲みながら読書って……まぁいいや。ルシファーに用事があるんだけど、取り次いでくれ」

「……簡単に言いますね。相手は闇悪魔族の長にして最強の悪魔。闇夜の化身にして黒の魔王。魔界都市ベルゼブブの市長にして魔界都市成金ランク不動の一位。そんなお方に取り次げと言われても、すぐには難しいです」

「いろいろ異名にツッコみたいことはあるけど頼む」

「……わかりました」

リザベルは指をパチッと鳴らすと、手のひらサイズの魔法陣を二つ出現させ、一つを片耳に、もう一つを口元に持っていく。

「リザベルです。大至急、ベルゼブブ市長ルシファー様に連絡を。私……いえ、アシュト様の名前を出して構いません。至急相談があるとのことです……ええ、お願いします。はい、ええ……そうです。うちはルシファー市長お抱えの商会ですよ？　専用の通信魔法ラインを使って構いません。

はい、アシュト村長が責任を取るので」

なんか聞き捨てならないこと言ってる気がする……まぁ今回はいいや。緊急事態だ。

リザベルの魔法陣が消え、再びカウンターの椅子に座る。

「あとは連絡待ちで――」

「呼んだかいアシュト？」

「ぶっふぇっ⁉」

「うぉぉぉぉぉっ⁉」

いきなりリザベルの背後にルシファーが現れ、リザベルがカーフィーを噴き出し、噴き出したカーフィーが俺に直撃した。きったねぇ⁉

「げーっほ、げっほげほ⁉　いい、いらっしゃいませルシファー様」

「うん。で、何か用事？」

「いきなり驚かすな⁉　心臓止まるかと思ったぞ⁉」

「あはは。ごめんごめん」

ルシファーが指をパチッと鳴らすと、俺の服にべったり付いたカーフィーのシミが消え、空っぽになったリザベルのカップからポコポコとカーフィーが湧きだした。

「で、用事ってなんだい？」

こいつ……すっとぼけた顔しやがって。どこかで見てたんじゃないだろうな。

ともかく、ルシファーに村の事情を話した。

「……なるほどね。まったくディアーナは……昔からボクに頼ることをしないで、一人で無茶を続けて周りまで巻き込むんだから」

「悪い。気付かなかった俺の落ち度だ……」

「いや、アシュトは悪くないよ。融通の利かないディアーナが悪いだけだ。この村に赴任した以上、全ての責任はあの子にある」

「なら、ディアーナを事務員に任命した村長の俺も悪いな」

「……きみも頑固だね。とにかく、事務員は早急に手配するよ。責任を感じているなら、事務所の拡張と事務員用の宿舎を建設してくれ。この村はまだまだ大きくなるし、それなりの人数を入れて交代制で働いた方が効率がいいと思う」

「わかった……その、ありがとう」

「いいって。迷わずボクに助けを求めるなんて、ちょっと驚いたよ」

「俺が事務でできることなんて、たかが知れてるからな。それに、この村はみんなの村だ。俺一人で頑張っても意味がないし、助けてほしい時は助けてって俺は言うぞ」

「あはは。さすがアシュトだね」

やることができた。あとは会話でなく行動で示さなければ。

「じゃ、頼む」

「うん。アシュトもね」

さて、行動開始だ。

いろいろとお願いをしながら村を回り、再び執務邸に戻ってきた。

「村長、どこへ」

「ああディアーナ。ルシファーに話を付けてきたんだ。事務員の増員と、事務所の拡張、新規事務員の宿舎建設を建築組に話してきた。明日からさっそく工事が始まる。あ、あとで銀猫たちがここに来て荷造りを手伝ってくれるからな」

「に、荷造り？」

「ああ。ディアーナ、セレーネ、ヘカテー、お前たちはしばらく俺の家に住んでそこで仕事だ。今日の仕事は引っ越し準備な」

「「「えええっ!?」」」

「文句は受け付けない。仕事に取りかかれー」

二分後、銀猫族が十名ほどやってきてディアーナたちの荷造りを手伝い、必要な書類を持って俺の家に移動した。客間に三人で寝てもらい、食事も一緒に食べることに。シルメリアさんの栄養満点メニューを食べて寝ればすぐに元気になるだろう。

そして翌日、新しい事務所と宿舎の建設が始まった。事務所を現在の数倍に拡張し、新しい従業員のデスクも入れる。事務所の所長としてディアーナには頑張ってもらおう。

事務所の間取りを相談しながら、俺はディアーナに言った。

「もっと頼れよ。俺も、お前の兄貴も、お前が心配なんだ」

「……はい。申し訳ありません」

「うん。人員は増えるけど教育は任せる。頼むぞ、ディアーナ所長」

「……はい。お任せください!!」

ようやく、ディアーナが笑った。

人員は増えたけど、今まで無理をさせた分は俺も頑張らないとな。

第八章　緑龍の村で働こぅ!!

「わぅぅ、お兄ちゃんおはよう!!」

「ああ、おはようライラちゃん……ふぁぁ」

ふわふわしたライラちゃんの頭を撫で、イヌミミを軽く揉む。

今日はライラちゃん一人で起こしてくれたようだ。ミュアちゃんもだけど、子供たちの朝は早い……シルメリアさんの教育、というか銀猫の教育方針だ。

俺はベッドから起きて着替え、温室に向かう支度をして外へ出る。ライラちゃんは朝食の支度を手伝いに戻った。最近、ミュアちゃんとライラちゃんは交代で起こしに来るようになったんだよな。

いつも通り温室の手入れをして戻り、朝食を食べる。

部屋に戻ろうとすると、部屋の前にはライラちゃんが待っていた。

「わぅん。お兄ちゃん、一緒に行こ!!」

「そうだね。ミュディも一緒に行こうか」

さて、今日のライラちゃんがご機嫌な理由はただ一つ。今日から数日間、俺は村の最近の産業がどのようなものかを知るため、それぞれの職場にお邪魔する。

まずはミュディとライラちゃんの製糸場。それからローレライの図書館、エルミナの農園、リザベルの店の手伝い、ドワーフの製鉄所、龍騎士の仕事、浴場の管理。他にも細々（こまごま）とした仕事があるけど、とりあえず大きなところはこんな感じ。今の村のことをもっと知るために、俺が自ら（みずか）頼んだ。

「わぅぅ。今日はお兄ちゃんとずっと一緒!!」

「はは。よろしくね」

「くぅぅん」

ライラちゃんの頭を撫でると、可愛らしく鳴いた。


「わんわんわわ～ん♪」

「ふふ、ライラちゃんご機嫌だね」

俺とミュディと手を繋ぎ、ライラちゃんのふわふわ尻尾がブンブン揺れる。

最近、ミュアちゃんやルミナにばかり構って、ライラちゃんに構ってやれなかった。というかライラちゃん、みんなの前では俺に甘えなくなってきたんだよな。本人は「恥ずかしいから」って言うけど、俺としてはふわふわ尻尾を揺らしながら甘えてほしい気持ちはある。

なーんて考えているうちに、製糸場に到着した。

製糸場の前を箒で掃き掃除しているのは、双子の魔犬族の少女。

「あ、ミュディさん、ライラちゃん。おはようございます!!」

「おはよう。今日はアシュトも一緒だから、よろしくね」

「よろしく。なんでも言ってくれ」

確か、魔犬族のゲイツの双子の妹、シャインとダスクだ。

二人が頭を下げたので、俺も頭を下げて返す。するとミュディが言った。

「他のみんなは?」

「いつも通りです!!」と、ダスク。

「そうね……じゃあアシュト、ライラちゃんと一緒に、牧場に行ってくれない？　フレアとアクアがキングシープの毛を刈っていると思うから、お手伝いして」

「任せろ!!　じゃあライラちゃん、行こう」

「わん!!」

ライラちゃんと一緒に牧場へ。

牧場は数種類の家畜が飼育されている。卵を産む鶏(にわとり)、ミルクを出す乳牛、羊毛を確保するためのキングシープ。離れには、バルギルドさんが調教した運搬用の巨牛クジャタがいる。

クジャタが離れにいる理由。クジャタは電気を放電するので、他の家畜と一緒にすると感電死させてしまう恐れがあるから……って、それ世話する人にも当てはまるよな……まぁ、世話係のサラマンダー族に電気が効かないから大丈夫みたいだけど。

牧場に到着すると、真っ白でモフモフした巨大羊の毛を刈る魔犬姉妹がいた。

「フレア、アクアーッ!!」

「あ、ライラ。それと……村長!!」

「あ、ほんとだ!!」

『メァ～メァ～』

キングシープが鳴いた……可愛いな。

さっそく手伝おうと牧場に入る。

「さ、フレア。何をすればいい？」

「えーと。じゃあこの羊毛を運ぶの手伝ってください。あっちの倉庫でお湯に浸けて洗って、そこから紡いでいきます。紡ぐのはわたしとアクアでやるんで、洗う方をお願いします」

「任せろ」

「お兄ちゃん、がんばろ!!」

「ああ。みんな、よろしくな」

ちなみに、羊毛……かなり重たかった。

「あぁ～……腕が重い」

「お兄ちゃん、だいじょうぶ？」

「うん。ありがとね」

羊毛を運んでは洗い、運んでは洗い……作業を終えた俺は製糸場に戻ってきた。

すると製糸場の隣にある小屋に、一人の少女が入っていくのが見えた。

「あれ、たしか……」

「テーラ!!」

「……ライラ。それと村長」

まったりとした声で魔犬族アルノーの妹テーラが答えた。手には葉っぱの入った籠を持っている。

「あの、ここって」

「ここ、蚕のおうち…………世話、してる」

「そ、そうか。何か手伝おうか？」

「…………だいじょうぶ」

「う、うん。ごめん。えーっと、中見てもいい？」

「…………うん」

そういえばテーラと、双子の魔犬族少女エアーって、どっちも無口キャラなんだっけ。

蚕のおうちに入ると、網の向こうに生えた樹の枝を歩く蚕がいた。それを無言でジーっと見つめているのは魔犬の少女エアーだ。

「ごはん……」

「ん……」

二人は、無口なまま葉っぱを蚕に近付ける。すると蚕は葉っぱをムシャムシャ食べ始めた。

「「……ふふっ」」

な、なんか場違いだよな……俺はライラちゃんを連れ、早急に脱出。

製糸場に戻ると、すでに仕事を始めているミュディ、シャイン、ダスクがいた。

機織り機で何かを作っているようだが、さすがにこれは手が出せない。

するとミュディが手を止め、俺ににっこり笑いかける。

「おかえり。どうだった？」

「ああ。羊の毛を運んだり洗ったりしたよ。あとは蚕……は、なにもしていない」

「じゃあこっち来て。わたしの隣」

ミュディたちが作っているのは、正方形の布だった。キングシープの羊毛、蚕の糸を着色した糸で刺繍をしている。デザインは……おいおい、マジかこれ。

「これ、ウッド？　あとベヨーテ、フンババ……マンドレイクとアルラウネ、センティか？」

「うん。可愛いでしょ？」

すると、シャインとダスクが作業の手を止めて言う。

「悪魔族と天使族の町で大人気の『ミュディ・ブランド』の新作、『大自然の仲間たち』シリーズのハンカチです!!」

「納品即完売の商品で、今日中に各種二十枚ずつ織るんです!!」

「みゅ、ミュディ・ブランド？　ミュディ、まさか自分のブランドを？」

「あはは……その、趣味で作ってリザベルのお店に出してたんだけど、悪魔族(デヴィル)の町で評判になっちゃって。悪魔族(デヴィル)の町で買った天使たちが天使族(エンジェル)の町で広めて、いつの間にかこんなことに……」

ミュディ、こんな才能があったとは。ライラちゃんも慣れた手つきで機織り機を使っているし。

やはり、仕事体験に来てよかった。書類上だけじゃない、生の声を聴ける。

「じゃ、アシュトもやってみよっか!!」

「え、いや、いきなり機織りは……ってか、針と糸は手術でしか使ったことない……しかも王国にいた時、薬師のシャヘル先生の指導の下でしか」

「だいじょうぶ。わたしが教えてあげる」

ミュディ、優しい……やっぱり、ここに来てよかった!!


「ま、まぁ初めてだし、こんなものね!!」

「うん……」

見るも無残な布切れをゲット!!　ま、初めてやって上手くできるわけないんだよな。初めて薬草を育てた時だって、シャヘル先生の畑の一角を枯(か)らしちゃったし。

「ちなみにこれ、ライラの初刺繍だよ!!」

「しゃ、シャイン!!　見せちゃダメ!!」

可愛らしいハンカチには、綺麗な花の刺繍が咲いていた。才能の差か……

「お兄ちゃん、このハンカチちょーだい」

「え、でもこんな……」

「これがいいの!!」

「ライラちゃん……わかった。俺の初作品、ライラちゃんにあげる」

「わうぅ!!　ありがとう!!」

「ふふ。じゃあみんな、お茶にしようか。シャインとダスクは、みんなを呼んできて」

「「はーい!!」」

みんなでミュディのお菓子（クララベルが作ったのもあった）を食べ、お茶を飲んで作業再開。

納品分のハンカチを作り、本日の仕事は終わった。

結局、俺は掃除したり手縫いの刺繍をライラちゃんと一緒にやっただけ。まぁ初めてだしこんなものだとミュディは言ってたが、製糸場の仕事は大変だ。今日はいないけど、イオフィエルやハニエル、アニエルなどの天使たちが手伝いに来ることもあるらしい。

これが今のミュディたちの生き甲斐。楽しそうで何より。でも、無理だけはしないでほしい。

明日は図書館手伝いか……頑張ろう!!

◇◇◇◇◇◇

本日の現場は、図書館だ。ミュディが作った司書のローブを着て、俺は司書として働くローレライと職員たちに挨拶する。

「今日一日、よろしくお願いします」

「ええ。しっかり働いてもらうわね」

「よ」「ろ」「し」「く」

「「「お願いいたします、村長」」」

「楽しそうだなお前ら……」

アグラッド、マハラト、エイシェト、ゼヌニムの悪魔司書四姉妹は、分裂したようにそっくりな容姿を持つディミトリの娘だ。完璧に揃って俺に一礼する。

「アシュト様。本日はよろしくお願いします」

「よろしく、ゴーヴァン」

二人いる龍騎士団長のうちの一人、ゴーヴァン。騎士の鎧(よろい)と剣が似合うイケメンなのに、今はシャツにエプロン姿なのがちょっと笑える……でもイケメンだから結局似合っているのがずるい。

ローレライは穏やかに微笑し、俺に言う。

「朝の仕事はお掃除から始めるわ。ゴーヴァン、アシュトにいろいろ教えてあげてちょうだいね」

「はい。姫様」

さて、図書館勤務がんばりますか!!

図書館の床をモップで磨き、テーブルを拭く。本棚はヒマを見つけて一日中掃除するため、まずは住人が一番よく利用するところを重点的に掃除する。

俺とゴーヴァンは、一階のモップ掛けをしていた。これが地味にきつく、汗も出る。

「ふぃぃ、けっこう腰にくるな」

「慣れないと辛いでしょう？」

「ああ。ゴーヴァンはさすがだよ。騎士としてだけじゃなくて、図書館の清掃員としても一流だ」

「あ、ありがとうございます……少し複雑な称号ですな」

「あはは。そうか？」

男同士だと気が楽だ。本棚では、悪魔司書四姉妹がハタキで埃を落としている。毎日掃除はしているが、やはりチリは積もるものらしい。

「アシュト様。二階へ参りましょう」

「うん」

二階から八階までモップ掛けをして気が付いたが……本がかなり増えている。

一階層に十万冊の蔵書が入る計算で、八階層まで蔵書があるってことは……おいおい、図書館に八十万冊の蔵書がある計算だ。ビッグバロッグ王国の大図書でさえ五万がいいところだ。実に十六倍の数の蔵書がある。図書館は全十階層だけど、ぼちぼちいっぱいになるかもな。

「ジーグベッグさん……あの人、ホントにすごいな」

多種多様なジャンルは、全て経験によるものだろうか。最古のハイエルフと言われ、うちに何十万冊もの本を寄贈してくれたジーグベッグさん。百万年の人生がここにあると思うと感慨深い。なんでハイエルフの里で人気がないのか、俺には理解できない……この本、マジで宝の山なのに。

モップ掛けを終え、ゴーヴァンは外の掃き掃除へ。俺はローレライの元に戻った。

「終わったぞー」

「お疲れ様。図書館を開けるから、そのあとは私と一緒に本の整理をしましょうか」

「ああ。わかった」

図書館を開けると、仕事休みのハイエルフや悪魔族(デヴィル)が入ってきた。さっそくラウンジで飲み物を注文し、目当ての本を探して席に座っている……いいな、こんな休日。最高じゃないか。

俺はローレライと一緒に、図書館の裏にある倉庫へ。ここにハイエルフの里から運ばれた本があるらしいが、驚いた。

「お、おいおい……何冊あるんだよ」

「ざっと五万冊。これをジャンル分けして、各階層の本棚に収めていく作業が私たちの仕事よ。本は随時持ち込まれるから、終わりの見えない作業なの」

「おぉぅ……」

広い倉庫なのに、狭く感じた。こりゃ大変なんてもんじゃない。数人、いや数十人は必要な作業だ。司書が五人だけって、かなり少ないな。

「アシュト」

「……ん、ああ悪い。司書を」

「増やす。なーんて考えてるんでしょ？　悪いけど人出は足りてるわ」

「いやでも、これだけの作業、終わるまでに何年かかるか……」

「だからいいんじゃない。こんなにたくさんの本を一冊ずつ確認しながら本棚に収めていく……本好きにはたまらない作業だわ!!」

「えぇ～……」

「アグラッドたちも楽しみにしている作業なんだから、ここは私たちに任せてほしいの……駄目?」

「う、いや……わ、わかった」

うーん、ローレライ可愛い。でも辛いぞこの作業……一冊ずつチェックして運んで、本棚に入れて……図書館の司書ってこんな仕事をしてたのか。

「さ、始めるわ。わからないことがあったら聞いてちょうだい」

でも、ローレライが楽しそうだし……やるしかないな。


半日ほど本の選別と図書館へ運んで本棚に収める、の繰り返しだった。

しかも、本が地味に重い……階段を上って高階層に行くのが辛く、体力をかなり持っていかれた。

司書は楽かも、なんて考えは一気に吹っ飛ぶ。

途中からゴーヴァンが合流して一緒に運ぶが、午前中だけで五十冊ほどしか本棚に入れることができなかった。やはり、ジャンル分けが難しい。ある程度読まないとわからないからな。

小腹が空き始めた頃、ローレライが言う。

「そろそろお昼ね。ゴーヴァン、アグラッドたちに交代でお昼を食べるように言って。私とアシュトも行くから」

「かしこまりました、姫様」

「あぁ～……腹へったぁ」

「ふふ。お昼は準備してあるわ。行きましょう」

一足先に向かったのは、司書が休んだりお昼を食べる部屋だ。

それぞれのデスクやソファ、テーブルがあり、冷蔵庫や簡易キッチンも完備されている。こんな部屋があったとは。ソファに座ると、アグラッドとエイシェトがお茶を出してくれた。

「どうぞ」

「粗茶（そちゃ）ですが」

「どうも。アグラッド、エイシェト」

「ほう、さすが村長」

「もう、私たちを間違えないようですね」

「ああ。もう二年以上経つしな」

「ふむ」

「それは残念」

でもたまに自信がなくて、ちょっとだけびくびくして話しかけることもある。

アグラッドとエイシェトは、まったく同じサンドイッチの詰まったバスケットを取り出し、まったく同じ動作でサンドイッチを掴み口へ運び、咀嚼（そしゃく）回数も同じく呑（の）み込んだ。こいつら狙ってやってないだろうな。

「おい」「しい」

「さすが」「リザベルですね」

「「アシュト村長も、いかがですか？」」

「あのさ、俺を混乱させたいの？　そこまで揃えるなよ。つーかそのサンドイッチはリザベルが作ったのか？　ああもう……」

この姉妹と一緒だと疲れる……すると、ローレライが大きなバスケットを持って入ってきた。

「アシュト、遅れてごめんなさい。サンドイッチを持ってきたわ」

「あ、ああ。ありがとう」

「サンドイッチですか」「なるほど。我らと同じ」

「アグラッドとエイシェト、あなたたちもどう？」

「では我らの」「サンドイッチと」

「「交換しましょう」」

「ほんとお前らマジで勘弁してくれ……普通に頼む」

腹ペコなのに胃が重くなってきた……勘弁してくれよ。


精神的に疲れた昼食を終え、午後もローレライと一緒に本の選別をする。

ジャンルごとに分けては運び、本棚に収め、また運んでは収め……司書って体力と腕力を使うと実感した一日だった。日も暮れ、図書館の営業も終わる。

ようやく選別作業を終え、司書たちは一階に集まった。

「今日もご苦労様でした。また明日、よろしくね」

「お疲れ様でした」「本日も楽しく」「仕事ができて」「嬉しかったです」

「「「「ありがとうございます。ローレライ司書長」」」」

「お前ら直すつもりないのな……もういいや」

悪魔司書四姉妹は音もなく図書館から去っていく。

俺、ローレライが図書館から出て施錠。ゴーヴァンが数メートル後ろを歩き、俺とローレライは一緒に新居に帰ることにした。

「どうだった？」

「あー……体力勝負だな」

「ふふ。図書館内の管理はアグラッドたちに任せて、私は倉庫の本を選別するのがメインの仕事なの。大変だけどとっても楽しいわよ？」

「あはは……さすがローレライだよ」

「ふふ。またお手伝いしてくれる？」

「もちろん。疲れたけど本は好きだからな」

「ありがとう、アシュト」

今日わかったこと。司書は体力と腕力勝負。図書館で働けば身体が鍛えられるかもしれない。

これからは定期的に手伝おう……そう思った。

「今日はよろしくね、村長‼」

「うん。よろしくお願いします、メージュ」

今日の職場はハイエルフの農園。

ドワーフの麦畑や果樹園もあるが、俺はセントウの収穫を手伝うことになった。

今更だが、農園ってこんなに広いのか……俺が最後に拡張した時より広くなってる。

まず、メージュが農園を案内してくれた。

「知ってると思うけど、セントウやクリだけじゃなく、いろんな果実があるの。ハイエルフの里から持ってきたやつとか、悪魔族（デヴィル）や天使族（エンジェル）がくれた苗とか」

農園はかなり広い。果樹園エリア。農作物エリア。ベリー畑エリア。ブドウ園エリア。セントウエリア。麦畑エリア。クリの樹エリア。茶畑エリア。ほかにもいろいろ……そして巨大な加工場だ。

ハイエルフはいつのまにか人数が三百を超え、ルシファーの経営する農業系の会社の職員や、農業に興味のある天使たち、茶畑管理の銀猫族など、とにかく大勢が働いていた。

「加工場も含めると五百人くらいいるかなー……あのさ、あたしたちの故郷だけじゃなくて、他のハイエルフの里からも来てるみたい。ディアーナが確認してたから間違いないよ」

「マジで？」

「うん。でもみんないい子だし頑張ってるよ」

これだけの規模の農園、ビッグバロッグ王国にもないぞ。

父上が来たらここに永住しそうだ。エストレイヤ家とか全て捨てて、兄さんやルナマリア義姉さん、父上と一緒に暮らせたら……まぁ、母上は無理だな。

「村長？」

楽しそうな未来が脳内に広がる。俺が薬院で働き、父上が農園で野菜や果物を、兄さんが村の龍騎士を率いて、ルナマリア義姉さんが新居で子供をあやす……いい。

「そんちょうっ!!」

「うわっ!?」

「もう、ぼーっとしちゃダメだよ。仕事はもう始まるからね」

「あ、ああ。悪い。で、俺の仕事は？」

「村長はセントウの収穫。エルミナとルネアがいるから、一緒にね」

「わかった。メージュは？」

「あたしは農園の見回りと、必要なところの手伝い。けっこう忙しいんだよね」

そう言って、メージュは手を振って去っていく。

案内された場所には、籠を背負ったエルミナとルネアがいた。

「あ、アシュト!!」

「村長」

「エルミナ、ルネア、今日はよろしくお願いします」

「ん。私があんたに仕事を教えてあげる!!」

「わたしも」

「おう、よろしく」

さて、職業体験三日目。農場編のスタートだ!!

エルミナとルネアが案内してくれたのは、セントウ園の一角だった。

「私たちの担当はここ。もうセントウは熟してるから収穫するわよ」

「収穫したのはお酒用。傷ついてたりしたらおやつ用。あとお菓子用」

「なるほど……酒用か」

「うん。アシュトのおかげでセントウの収穫量かなり増えたからね。お酒の量産も順調よ!!」

エルミナが嬉しそうに言う。そういえば、お酒で思い出した。

「なぁエルミナ。コメ酒はどうなったんだ?」

「あれれ、聞きたい？　聞きたい？　んふふー……ルミナのおかげで綺麗で透明なお酒があったでしょ。あれでも飲めるけどまだいろいろ確かめたいことがあるし、真の完成までもう少し!!」

「へぇ……大したもんだ」

「うん。コメ酒って名前もいいけど、透き通った清(きよ)いお酒だから『清酒(せいしゅ)』って名付けたの」

清酒か……村の新しい名物になりそうだ。よし。話はここまでで、収穫するか。

「じゃ、やるわよ。収穫したセントウはよく見てね。虫食いとかたまーにあるから」

「虫食い？」

「うん。ハイエルフ製の自然農薬を撒いてるけど限界があるのよね」

「ウッドのおかげでらくちんなの」

「ウッド？　どういうことだ、ルネア」

「農薬を吸ってシャワーみたいに撒いてくれる」

へぇ、さすがウッド……いつの間にそんな仕事を。

エルミナ、ルネアと手分けしてセントウの収穫を始める。傷んだセントウはほとんどない。瑞々しく実り、水分たっぷりで重みがある。地面に落ちてしまったものもあるが、食べられそうなら別の籠に分け、虫が食っているのはそのまま放置。大地の養分になる。

「ふんふんふ～ん♪」

「ん～ん～♪」

エルミナもルネアも鼻歌を歌いながら作業している。

二人の鼻歌を聞きながら、俺も手を動かしてセントウを収穫した。桃色のお尻みたいな形の、モモとは違う至高の果実。不思議なことに、水瓶に入れて一晩おくとお酒になる。

「思えば、こいつとも長い付き合いだよな」

「そーねー……まさか、これがお酒になるなんて思わなかったわ」

「セントウ、お酒も美味しいけど食べても美味しい」

セントウ酒は、今や大事な取引材料だ。

立派な木箱に注ぎ、ミュディがデザインしたラベルを貼り、木箱に焼き印を入れて出荷する。見た目も美しく、飲んだら美味しい……こんな酒、そうはない。

ヒュンケル兄やリュドガ兄さんも、セントウ酒を送ってほしいと言うくらいだ。

「ねぇアシュト、今夜セントウ酒で乾杯しましょ!!」

「そうだな。見てたら飲みたくなってきた」

収穫作業は、まだまだ続く。

収穫を終え、傷んだものとお酒用に分け、加工場へ運ぶ。

加工場ではたくさんのハイエルフ、ドワーフが仕事をしている。

ドワーフはお酒用の樽(たる)を作り、ハイエルフは収穫物の選定や加工をしていた。

果物や野菜は冷蔵庫に運び、銀猫が各家庭で食事に使ったり、ワーウルフ族やベルゼブブと取引に使ったりしている。酒も同様だ。

加工場の一区画に行くと、そこには見知ったハイエルフがいた。

「おっす、村長たち」

「こんにちは。村長はお手伝いでしたね」

「シレーヌ、エレイン。お前たちは加工場なのか?」

「うん。あたしらはワインやセントウ酒を仕込んだり、ドワーフの麦畑で収穫した麦を使って、ウィスキーやエールを造ってるんだ」

「へぇ～……いろいろ担当があるんだな」

俺たちは収穫物を二人に渡す。

「ん、いいセントウだね。お酒用と加工用に」

「はい。残りはお菓子用ですね」

「うん。よろしく」

普段のおちゃらけた様子はまったくない。シレーヌは真剣な表情でセントウを選別し、『セントウ酒用』と書かれた籠の中へ。残りを何も書かれていない籠に入れ、エレインが酒用の籠を運んでいく。

「エルミナ、ルネア、こっちを運んで」

「ほーい」

「うん。村長も手伝って」

慣れた仕事だから迷いがない。よく見ると、周囲も同じだ。みんな慣れた手で仕事をしている。

そうだ、俺が体験したいのはこういう仕事だ。

「よし。こっちの籠は俺に……んっふ、んぎぎ……っ!!」

「アシュト、ひょろいんだから無茶しないの」

「だ、誰がひょろいだとっ!?」

「あんたよ、あんた。私ってかみんな知ってるんだからね、あんたが腹筋割れてないの気にして、夜寝る前にこっそり腹筋してるの」

「んなっ⁉」

な、なんでエルミナに俺の秘密が……⁉

「わわわっ、村長ってば籠‼　籠しっかり持って‼」

シレーヌに怒られ、俺は慌てて籠を持ち直した。果物を収穫し、運び、加工し、樽に詰めたり冷蔵庫に運んだり……思った通り、力仕事だ。父上が真っ黒に日焼けしてムキムキになるわけだよ。


仕事が終わり、エルミナと一緒に新居へ。

「どう、楽しかった？」

「ああ。ハイエルフたちはこんな作業を毎日……大変だな」

「ま、この村での仕事は楽しいわ。ハイエルフ以外の種族と仲良くできるし、女子会も開催できるしね」

「そうなのか？」

「うん。毎日すっごく楽しい‼　美味しいお酒も飲めるしね」

「ははは。それが本音か？」

エルミナはバツの悪そうな顔をしたが、すぐに笑顔になった。

「そんなことより、明日はどこ行くの？」

「明日はディミトリの館。リザベルの手伝い」

なんか、嫌な予感がするが……逆に、今から楽しみでしょうがないよ。

翌日。俺はディミトリの館へ来た。

「ではアシュト様。本日はよろしくお願いします」

「よろしくお願いします、リザベル」

今日の仕事の手伝いは、リザベルが店長を務めるディミトリの館だ。

一応、ディミトリの店の商品は部外者に知られてはいけないものもあるようだけど、仕事の手伝いをしたいと言ったら、なぜか許可をもらえた。

店の前で、リザベルはにっこり笑う。

「まずは店先の掃除からお願いします。それが終わったら店内の清掃、商品の陳列を」

「わ、わかった」

「では、さっそく始めてください」

なんだか、リザベルが嬉しそうに見える。

リザベルがニヤニヤしながら店内に入ったので、俺もさっそく掃除をする。

箒で掃き、雑草を抜き、花壇に水をやり……ものの一時間で店先は綺麗になった。

「ふぅ……とりあえずこんなもんか」

箒をしまい、店内へ。次は店内の掃除……って、おい。

「おいリザベル、お前は何をしてるんだ」

「お疲れ様です……ずずず、うん美味しい。私はディミトリ商会の新商品である『ブレンドカーフィー』の試飲をしていました。もぐもぐ……うん、このチコレートも美味しいですね。もぐもぐ」

「おいこら、仕事しろ」

「失礼ですねこの新入社員は……商品の味見やテイスティングがどれだけ重要な仕事かわかっていないようです。これは給料査定に響きます」

「………………」

リザベルはチコレートを齧りながら本を開き、新商品のブレンドカーフィーとやらを啜る……くそ、美味そうじゃないか。いい匂いさせやがって。

俺は深呼吸し、箒と雑巾で店内の清掃を始める。

建築当初と比べ、店の商品は大きく変化している。つい最近までカーフィーを専門に販売していたが、現在はその他の嗜好品も販売している。

高級カーフィー豆各種、同じく高級チコレート各種、悪魔族の町にしか売っていないだろうお菓子や、高級ワインや酒がズラリだ。大工道具や工具関係はさっぱり売れなかったのでほぼ完全に撤退したらしいが、注文リストはあるので、取り寄せすることはできるそうだ。銀猫やハイエルフたちは、カーフィーに目がない人もいる。内職してお金を貯め、この店にやってくるようだ……ほら。

「こんにちは……ご、ご主人様⁉」

「あ、オードリーじゃないか。買い物か？」

「は、はい……その、カーフィー豆を」

「そっか。銀猫族ってカーフィー好きだもんな」

「にゃうう……」

オードリーは、ネコミミをぺたっと閉じて恥ずかしがる。なんでだろう？

リザベルはいつの間にか接客モードになり、直立不動でお辞儀した。

「アシュト様。そちらに立つと邪魔になるのでお下がりください。お客様、カーフィー豆関係の棚はあちらです」

オードリーはカーフィー豆の棚を物色している。少し気になったので様子を見てみた。

「オードリー、どれにするんだ？」

「え、えっと……宿舎のみんなは、昼下がりなどに個人で飲む分は自分で買っています。食事のあとに飲む用のカーフィー豆は、お金を出し合って買いますので、こだわりは特に」

「じゃあ、せっかくだしこのブレンドカーフィーはどうだ？　新商品だし、俺も飲んだことない」

「え、で、ですが……少し手持ちが足りません」

「じゃあ、いつも世話になってるし、俺が出してやるよ。銀猫族のみんなに美味しく飲んでもらいたいからな」

「そ、そんな!!　ご主人様に出してもらうなんて——」

「リザベル、このカーフィー豆を大筒で。あと、せっかくだしオードリーに試飲してもらおう」

「そうですね。では、準備します」

カーフィー豆が主力商品なので、ディミトリの館には試飲スペースがある。

リザベルにブレンドカーフィーを準備してもらい、ついでに俺もいただく。

ブレンドカーフィーは苦みが柔らかい。後味もいい……これ、欲しい。

「美味いな」

「はい……すごく」

「これ、宿舎の銀猫族も好きになるかな？」

「間違いなく」

「じゃ、これで決まりだ。代金は俺が支払うから、みんなで飲んでよ」

「ご主人様……ありがとうございます!!」

オードリーは、尻尾を揺らしながら帰った。

カップを片付けながらリザベルが言う。

「アシュト様は、商売ができないタイプですね……損ばかりして破滅する未来が見えます」

「なんだその未来は……まぁいいや。ほれ代金」

代金を支払い、俺は掃除を再開した。


「お兄ちゃん!!」

「クラベル？　珍しいな、ここで会うなんて」

店内の掃き掃除をしていると、クララベルがやってきた。

珍しく一人で、ライラちゃんが作った手提げ袋を持っている。

「買い物か？」

「うん、カーフィー豆を買いに来たの。オードリーがここでお兄ちゃんに会ったって言ってたから」

「そっか。って、お前カーフィー飲めないだろ？　どうするんだ？」

「えへへー」

クララベルはニコニコしながらカーフィー豆の棚へ。

「あのね、カーフィー豆を使ってお菓子を作るの。ケーキとかドーナツとか、もしかしたらオトナの味が作れるかも、って思って!!」

「へぇ……そりゃ面白そうだ。ミュディも考えたことなかったぞ？」

「うん!!　シルメリアも『面白い発想です』って言ってたし、いろいろ試してみる!!」

「そっか。頑張れよ」

「うん!!」

「よし。じゃあ俺が好きなの買ってあげるよ。その代わり、できたら味見させてくれ」

「お兄ちゃん……任せて!!　美味しいの作るから!!」

クララベルは、真っ白な髪を揺らし俺に抱きついた。

やる気があるのはいいことだ。っておい、なんでしらけてるリザベル。

「じゃ、これ!!」

「……ブレンドカーフィーか」

奇しくも、オードリーに買ったブレンドカーフィーを選ぶクララベルだった。

クララベルはカーフィー筒を持って家まで走って帰った。

「………」

「な、なんだよ」

「いえ。アシュト様はねだられたらなんでも買うタイプだなぁ、と」

「べ、別にいいだろ。売り上げには繋がってるんだし」

「…………ははっ」

「おい、なんだその嘲笑は」

掃除も終わり、そろそろお昼の時間だ。

シルメリアさんの作ったお弁当をリザベルと食べ、午後はカウンターに立つ。

椅子に座って本を読みカーフィーを啜るリザベルに言いたいことはあるが、とりあえず接客は初めてなのでやや緊張する。

「くぁ〜……眠い」

「お前、人が見ていないとけっこうだらけるタイプだな」

リザベルにツッコミを入れ、午後の仕事が始まった。

接客は、無難にこなすことができた。

カーフィー豆とチコレートを買いに来るお客ばかりで、金額の計算を間違えないようにしながら釣銭を渡す。商品を袋に入れたり、会計が混んで並んだりすると手が焦ってしまう。

リザベルも渋々手伝い、ようやく一日の仕事が終わった。

「お疲れ様でした、アシュト様。明日も同じ時間に」

「いや明日はドワーフの製鉄所だから……」

「残念」

大変だが、リザベル一人でこなせそうな仕事量だ。初めての俺でさえギリギリなんとかなったくらいだからな。仕事量はそんなに多くないのかもしれない。

「じゃ、お疲れ様」

「……アシュト様。本日の日当です」

リザベルは、小さな筒を手渡す。ラベルには『ブレンドカーフィー』と書かれていた。

「日当って……」

「仕事に対する正当な対価です。お受け取りください」

「……わかった。ありがとう、リザベル」

「いえ。またヒマな時にでもお越しください。お手伝いをお願いしますので」

「わかったよ……またな」

リザベルは、俺に向かって頭を下げた。

「ありがとうございました」

今日の最後の客は俺だったらしい……このカーフィー、大事に飲もう。

◇◇◇◇◇◇

翌日。俺は製鉄所に来ていた。

「すごい熱気だ……」

エルダードワーフの仕事場である製鉄所では、巨大な炉がガンガンに燃え、金属をハンマーで撃つ音が響いていた。作業をしているのはドワーフがメインで、悪魔族(デヴィル)の男性やサラマンダー族、ワーウルフ族などがいる。意外にもハイエルフ女子がけっこういた。

「悪いが村長。仕事をやってみたいっつー半端な覚悟じゃ邪魔になるだけだ。ここは命を懸けて鉄を打つ場所……見る分にゃ構わんが、ひやかしならいらんぞ」

この製鉄所の責任者であるラードバンさんが、真剣な眼差しで言う。

確かに、『手伝い』なんてできない。職人の魂が響き合う現場で、俺みたいな半端者が手を出していい職場じゃない。

「わかりました。では、見学だけさせてください。邪魔はしませんので」

「ならいいぜ。悪いが案内はしてやれねぇ……勝手に見ていきな」

「はい。ありがとうございます!!」

ラードバンさんは手を振って去っていく。

普段、浴場で酒をがぶ飲みして腹踊りしている時とは別人だ。職人の顔……これがエルダードワーフたちの本当の姿なのか。

「さて、さっそく見学するか」

邪魔にならないように製鉄所内へ。

巨大な炉からドロドロした液体が流れていく。そっか、採掘した鉱石を溶かしているのか。

鍛冶のことはサッパリなので、俺の主観で見るしかない。

とりあえず、ハンマーで何かを叩いているサラマンダー族の後ろに立ってみた。

「おぉ……」

カーンカーンカーンと、小さな何かを叩いている。

手のひらサイズの細い何かを叩き、研磨し、完成したのを小さな鉄の箱へポイっと投げる。そして同じように、また細い何かを叩き、研磨し箱の中へ。

箱の中を見て納得した。

「ああ、釘か」

建設には欠かせない釘だ。建物の建設は続いているが、以前のように大量に造ってはいない。今は街道造りがメインで、ワーウルフ族の里へ続く道を整備している。

さて、次は……お、あの悪魔族(デヴィル)の男性、何を造っているのかな。

「…………剣？」

「ふぅ～……あ、お疲れ様です」

「ど、どうも。あの、これは何を？」

悪魔族の男性が造っているのは、カーブを描くような剣だった。剣にしては妙な形をしている。

「これは鎌です」

「鎌？　にしては大きいですね……？」

「ええ。祭事用に使う鎌です。悪魔族の儀式で、黒いローブに髑髏のマスクをかぶり、大鎌を持って町に出るイベントがあるんです。せっかくなので自分用に造ろうと思いまして」

「そ、そうですか……」

黒いローブに髑髏のマスク、手には大鎌……そのスタイルで町に出るのか。

ビッグバロッグ王国だったら騎士に包囲されて捕まるな。というか、どういうイベントなんだろう……？

「よろしければ村長の分もお造りしましょうか？　ベルゼブブの収穫祭、ぜひ参加してください」

「じゃ、じゃあ……お願いします」

収穫祭なのか……髑髏のマスクとローブと大鎌で収穫祭を祝うってすごいな。

悪魔族の男性は、俺の分も大鎌とマスクを造ってくれるらしい。せっかくなのでお願いし、家に届けてもらうことにした。

次に向かったのは、やはりこの人……ラードバンさんのところだ。

職人としてのラードバンさんは怖いが、仕事っぷりは見てみたい。

「えーと……確か、ラードバンさんはこっちか」

マーメイド族との取引で使うミスリル製品や武器、ワーウルフ族や悪魔族との取引に使う細工品は仕事で造り、自分のノルマを終えたドワーフは、通貨と交換するためのものを造り始めている。ドワーフの細工品はベルゼブブの富豪層に高く売れるらしい。稼いだ金は酒に消えるのは実にドワーフって感じだ。

俺はラードバンさんの作業場へ。

「って、アーモさんにネマさん？」

「あら、村長じゃない」

「こんなところで会うなんて奇遇ね」

デーモンオーガのアーモさんとネマさん。相変わらずスタイル抜群の美女だ。ともに二人の子持ちに見えない。魔獣の皮でこしらえた胸当てに、ジャケットみたいな服。スカートは短く、生足を大胆に露出している。外見が二十代半ばにしか見えないから、俺には刺激が強い。

「どうしたんですか？」

「シッ」

カーンカーンカーンと、ラードバンさんが何かを打って……ああそっか。この二人がここに来る理由は一つ、ラードバンさんに武器を造ってもらってるんだ。アーモさんは双剣、ネマさんは短剣みたいだ。

「……実は、高純度のダマスカス鋼が採れてね。あたしとネマの武器を依頼したの」

「ダマスカス……すごい」

ダマスカス鋼は、この辺りの鉱山でもあまり採れない。いや採れるんだけど量が少ない。普通は探しても採れないんだけどね!!　普通に採れるってことがすごいんだけどね!!

バルギルドさんやディアムドさんの武器には、オリハルコン鉱石が使われている。以前、オリハルコンの鍋を造ってもらった時の残りを、二人の武器にしたのだ。

量が少なかったから他の鉱石とも混ぜ合わせたけど、それでも硬度はピカ一だ。

ダマスカス鋼はオリハルコンより脆いけど、それでもミスリルの数倍の硬度を持つ。怪力無双のデーモンオーガが持つ武器にするにはピッタリだ。ミスリル鉱石で造った武器は、デーモンオーガが使うと一か月ともたないもんなぁ。

ネマさんは腕を組んでニヤッと笑う。

「さすが、エルダードワーフはいい仕事するね」

「そうね。あの顔……職人の顔だわ」

ラードバンさんの顔は真剣そのもの。目つきも鋭く、話しかけることはできない。

俺たちは無言で作業を見守り、一時間後……ラードバンさんの手が止まり、二対の双剣と一本の短剣を完成させた。

「持ってみろ」

最初の一声がそれだ。アーモさんとネマさんは武器を受け取る。

「ほんっと、恐ろしいわね……身体の一部みたいに馴染むわ」

「ええ……エルダードワーフ最高の鍛冶職人ね」

「よせ。わし程度の職人なんぞいくらでもいるわい。わしらエルダードワーフは、生涯修業の身じゃ。満足なんかできねえが、今はそれで我慢してくれや」

「……す、げぇ」

漆黒(しっこく)の刀身が鈍く光る双剣と短剣だ。

アーモさんとネマさんはクルクルと手で回し、残像を生み出すようなスピードで互いの急所に撃ちこんで……いや、寸止めしている。職人芸と達人芸、俺は同時にその光景を見ている。

「ん、いいわね」

「ええ」

すると、ラードバンさんが言った。

「村長よ。わしの仕事はどうだった？」

「いや、もう……言葉がないです」

「ふ、そうか。これでわかったと思うが、手伝いは必要ない。鍛冶、製鉄……ここでの作業は全て、己との戦いじゃ。鍛冶とは孤独なもんじゃ。でもよ、手伝いたいっつー気持ちは嬉しいぜ」

「ラードバンさん……」

「かかかかかっ!!　よぉ、仕事が終わったら一杯やろうぜ。アウグストたちも呼んでな」

「……はいっ!!」

ゲラゲラ笑うラードバンさんは俺の尻をバシッと叩く。

やっぱり、エルダードワーフはすごい。職人の魂を感じました!!

さて、本日は龍騎士の『仕事』を手伝いに来た。

もう一度言う。龍騎士の『仕事』だ。肉体を酷使する訓練ではない。龍騎士たちが村で行っている『仕事』を手伝いに来たんだ。

「ってわけで、『仕事の手伝い』をするから。いいか、訓練じゃないぞ。『仕事』だぞ」

「お兄ちゃんしつこい。お兄ちゃんが貧弱なのは仕方ないでしょ……今まで訓練してこなかったんだから」

「おいシェリー、貧弱って言うな」

今日の俺のスタイルは、龍騎士ではなく一般兵が着るような革鎧。あと剣と兜だ。

剣術は習ったこともあるけど、『才能がない』って父上に言われてからろくに握ってない。緑龍の杖を腰に差している。

俺は、龍騎士宿舎前で、シェリーと一緒に並んでいた。

目の前には、ランスローがいる。今日は龍騎士の仕事がなんたるかを、ランスローに習うのだ。

「こほん。では、仕事の説明をします」

「「よろしくお願いします」」

ちなみに、シェリーも龍騎士の仕事を始めている。

農園手伝いを辞め、本格的に女性龍魔法師を目指して修業中だ。いつか自分の魔法師隊を率いるのが夢だとか。

「龍騎士の仕事は大きく分けて二つ。村の警護と訓練です」

「く、訓練……」

「村の警護はその名の通り。ドラゴンに騎乗し上空から警邏、地上では各隊に分かれ決められた場所で警備をします。隊ごとに交代で行いますので、警備のない隊は訓練を行うというわけですね」

「なるほど……」

俺はそう言って頷くが、シェリーは黙ったまま聞いていた。

ランスローは指笛を鳴らすと、上空で旋回していたドラゴンのアグラヴェインを呼ぶ。アグラヴェインはランスローの隣に着地し、甘えるように顔を寄せた。

「我が友。今日もよろしく頼む」

『カロロ……』

「シェリー様。アヴァロンをお呼びください」

「はい!!」

シェリーは指笛を吹く。

「ふしゅーっ!!　ふしゅーっ!!」

「……っぷ、お前、指笛吹けないの？」

シェリーの顔が真っ赤になり、杖を抜いて俺に向ける。おいおい、冷気が出ているんですけど!?

「おお落ち着け、悪かった悪かった!!」

「仕方ないじゃん!!　生きていて指笛なんて鳴らしたことある？　あたしはないもん!!」

「わ、わかった。俺がやるから!!」

「……は？」

ピュイ〜〜〜〜ッ!!

『キュアァァァァッ!!』

「お、来た」

「んなぁぁぁっ!?」

なんと、子供ドラゴンのアヴァロンは俺の指笛で飛んできた。しかもちゃんと俺の隣に着地し、甘えるように顔を突き出してくる……よしよし、可愛いな。

「ななな……あ、アヴァロン!!　パートナーはあたしでしょ!?」

『キュア？　……キュアァァッ!?』

アヴァロンは、思い出したようにシェリーの隣へ……なんとなくわかった。アヴァロンってけっこうアホなのかも。シェリーはアヴァロンを叱り、俺を睨む。

「ってかお兄ちゃん!!　なんで指笛吹けるの!?」

「え、いや普通に……ちなみに、ミュディのが上手いぞ？」

「えぇぇぇっ!?」

仰天（ぎょうてん）するシェリーを慰めるように、アヴァロンがキュイキュイ鳴いた。

「……こほん。準備ができたら警邏に行きましょう。アシュト様は我が友の背にお乗りください」

「は、はい。その、ゆっくりで」

「ふふ。それは我が友の気分次第ですね」

今更だが、イケメン騎士とドラゴン……めっちゃカッコいい。


「お疲れ様です隊長!!」

「「「「お疲れ様です!!」」」」

「哨戒（しょうかい）ご苦労」

空中で数名の龍騎士とすれ違う。この部隊は上空の警邏部隊らしい。

現在。俺はランスローのアグラヴェインに乗り、空を飛んでいた。

ビッグバロッグ王国に帰った時みたいに椅子なんて付いていない。普通に座り、ランスローの腰に手を回してくっ付いている。

「お兄ちゃん、カッコ悪い……」

「し、仕方ないだろ……掴むところ、ランスローの身体くらいしかないんだから」

落ちたら死ぬし……しっかり掴まっておくしかない。

シェリーは慣れたようにアヴァロンに騎乗し、ランスローの隣を飛んでいる。

アヴァロンがご機嫌なのは、父であるアグラヴェインと一緒に空を飛べるからだろう。

「シェリー、慣れたもんだな」

「そりゃいつも乗ってるしね。お兄ちゃん、あたしと一緒に乗る？　なーんてね」

アヴァロンは、アグラヴェインより一回り小さい。大きくなったと言っても、シェリー一人を乗せるだけで限界だ。

こんな会話をしていても、ランスローは周囲の警戒を怠らない。

「おぉ……村を一望できる」

「いい景色でしょ？」

「ああ。すごい……」

こうして、村を上空からじっくり眺めることはそうそうない。

製糸場、農園、ディミトリの館、製鉄所、教会、そして図書館……あ、俺の家や薬院も見える。

「怪しい影は……」

「ありませんね。村は今日も平和です」

ランスローが微笑む。村だけでなく周囲を見渡すが……森ばかりだ。

見える範囲はずーっと森。オーベルシュタイン領土が広大すぎる領土だというのがよくわかる。

けっこう伐採をしてるから心が痛む時があったけど、そんな心配はまったくいらなかった。住居や街道の拡張に使った木材や伐採した木なんて、大したことがない。

「広いですよね……」

「あ、ああ……うん。すっげぇ……」

「長く空を飛んでいると、空の広さだけでなく、この森に吸い込まれそうになる時があります。植物や樹、自然の力はあまりにも大きい」

ランスローが言いたいことはよくわかる。

オーベルシュタイン領土は、この世界はあまりにも広い。俺の知らない種族や町が、まだまだある。

「え？」

「お兄ちゃん、あれ見て。クララベルだよ!!」

シェリーが下を見ると、図書館の近くで手を振る豆粒みたなクララベルがいた。

シェリーと一緒に手を振ると。

「げっ、あいつ……」

『おにーちゃーんっ!!』

クララベルは、真っ白なドラゴンに変身して俺とシェリーの間に割り込んだ。

「ひ、姫様!!」

『やっほー!!　お兄ちゃんがいるなら言ってよー、わたしも一緒に飛ぶし。お兄ちゃん、わたしの背中に乗って乗って!!』

「え」

う……クララベルの背中には苦い思い出が。躊躇(ちゅうちょ)していると、クララベルがランスローに言う。

『ランスロー、お兄ちゃんをちょうだい!!』

「はい、姫様」

「え、ランスロー!?」

「御免!!」

騎士としての忠義が優先されたのか、俺の身体がふわりと浮く。ランスローがアグラヴェインを操って俺を放り投げたのだ。そして、恐怖再び……俺はクララベルの背中に乗ってしまった。

「く、クララベル……頼むからゆっくりな。な?」

『えへへー。今日は村のお散歩なんだね!!　じゃあ行こう!!』

「ちょ」

クララベルの首にしがみついた俺は、超スピードの圧に耐えることになった……悲劇は再び繰り返された。

俺は命からがら地上に戻り、これを知ったローレライがクララベルの龍変身をしばらく禁止。

クララベルはゲンコツをくらい涙目になっていた。

結局、途中で気を失ったせいで龍騎士の仕事はまったく体験できませんでした……ちゃんちゃん。

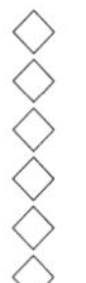

さて、慣れてきた職業体験。次のお手伝い先は、新居で働く銀猫族のみんなだ。
夜。俺は使用人の家に向かい、明日一日だけお手伝いをすることを報告する。

「ってわけで、一日だけ手伝うからよろしく」

シルメリアさん、シャーロットとマルチェラ、新居で働くことになったメイリィ、そしてミュアちゃんの五人に言う。他の子供たちはすでに就寝。ミュアちゃんも眠そうだったが聴いてもらうことにした。

「しかしご主人様。私たちの仕事はご主人様のお世話……ご主人様に最高の環境を提供するのが我らの仕事。ご主人様自身にそれらをさせるというのは」

「そう言うと思ったよ。でも頼む、俺はこの村で、みんながどんな仕事をしているのか調べてる。住人のことをよりよく知るために必要なんだ」

「「「「…………」」」」

シルメリアさんはゆっくり目を閉じ、ネコミミを一度だけピクッと動かす。

今更だが……みんな薄着の寝間着なんだよね。仕事着の上からではわからなかったスタイルがよくわかってしまう。シャーロットはスレンダー、マルチェラは巨乳、メイリィはバランスの取れた肢体(したい)……っく、俺は何を考えているんだ。

「……わかりました」

「えっ、あ……う、うん。ごめんなさい」

やっべ。みんなの寝間着を見てて聞いてなかった。とりあえず謝って誤魔化(ごまか)すが、シルメリアさんたちは首を傾げてしまった。

「では、明日一日。ご主人様に我らの仕事を手伝っていただきます。それでよろしいですか？」

「あ、うん。迷惑かけると思うけどよろしく」

「いえ。ご主人様の命令ですので、お気になさらず」

「は、はい」

すると、メイリィがミュアちゃんの肩を揺する。

「ミュア、起きなさい。ミュア」

「にゃぅ……」

「あ、いいよ。寝かせてあげて……というか、話は終わったから寝室に運ぼう」

「にゃぁ……」

ミュアちゃんをお姫様抱っこする。

初めて会った頃より大きく、重くなった。この子ももう八歳なんだよな。

「「「…………」」」

「じゃ、部屋まで運ぶよ」

ミュアちゃんを部屋まで運び、ベッドに寝かせて頭を撫でる。

すやすやと寝息を立て、小さな銀猫は気持ちよさそうに眠りに就いた。

静かに部屋を出て一階に降りると。

「……な、なにしてんの？」

「「「……にゃう」」」

四人は、テーブルに突っ伏して寝ていた。

まさか、ミュアちゃんを抱っこして運んだのが羨ましかった……のか？

俺の仕事、もう始まってるみたいだな……運びますよ、はい。

◇◇◇◇◇

翌日。温室の仕事をフレキくんたちに任せ、俺とルミナは日が昇る前からキッチンにいた。

「みゃあ……なんであたいまで」

「まぁいいじゃないか。たまには銀猫たちのお手伝いも」

「うるさい。なんか知らないけどあたいを巻き込むな」

「ルミナ、一緒にやろう。な？」

「やだ」

ルミナは欠伸(あくび)をしてキッチンから出ようとして。

「ルミナ？」

「ひっ」

「ご主人様と一緒に働けるなんて幸せ者ですね」

「…………みゃ、みゃあ」

シルメリアさんがにっこり笑い、ルミナは硬直した。いやいや、さすがシルメリアさん……銀猫族最強の風格だよ。

ルミナは観念し、俺の隣に並んだ。

「では、朝食の支度をしますので手伝いをお願いします。マルチェラとミュアはスープ、メイリィはルミナとサラダ、シャーロットとご主人様はパンをお願いします」

「「「はい」」」

「は、はい」

「みゃぅ……」

「にゃーい!!　ルミナ、返事しないとダメ!!」

「うっさい。朝からうっとおしい」

「にゃにー!?」

「そこ、喧嘩しない」

シルメリアさんに一喝され、ミュアちゃんとルミナはビクッとした。

というか、シルメリアさんすげぇ……キッチンに入ってから顔つきが違うぞ。

俺はシャーロットと一緒に、昨夜に準備したパンを準備する。

「おお、しっかり膨らんでる」

「あとは卵を塗って焼くだけです。ご主人様、こちらのハケで卵を」

「ああ。って、この卵……」

「はい。先ほど、鶏小屋から取って参りました。洗浄もしてありますので安心です」

俺がキッチンに来る前から仕事は始まっていたようだ。

卵を割り、しっかりと混ぜてハケに溶き卵を付け、パンに塗る。

「………」

「ご主人様？」

無心でパンに卵を塗っていると、シャーロットが首を傾げた。

「いや……毎日毎朝、こんな準備してくれてるんだなって。何気なく食べてたパンも、シャーロットやみんなの愛情が籠もってるんだなぁって」

「っ……ご、ご主人様」

「ありがとな、シャーロット。あとでいっぱいなでなでしてやるから」

「うにゃ……は、はい」

シャーロットは真っ赤になりネコミミをピクピクさせていた。

卵を塗り、あとは釜で焼くだけ。パンを釜で焼いている間に、食器を準備。サラダやスープの準備が終わると、シルメリアさんが卵とトマトで炒め物を作り始めた。

「ミュア、ルミナ。奥様方を起こしてらっしゃい」

「にゃーい!!」

「みゃう……めんどいなぁ」

ミュアちゃんとルミナはパタパタと駆けていく。

すると、マルチェラがシルメリアさんに言った。

「では、私はライラたちの朝食を作ってきます」

「わかりました。メイリィ、ご主人様。ダイニングの支度を。シャーロットはパンをお願いします」

「「はい」」

「は、はい。わかりました」

ちなみに、俺の食事はシルメリアさんたちと摂ることになってる。

ダイニングに行くと、エルミナ以外揃っていた。

「アシュト、おはよう」

「おはよ、お兄ちゃん。エプロン似合ってるじゃん」

「おはよう。そういえば、お手伝いしてるんだったわね」

「お兄ちゃんおはよー!!」

ミュディ、シェリー、ローレライ、クララベル。みんなニコニコして席に座ってる。シェリーはからかうような感じだけど。

「にゃあ、はやく!!」

「わ、わかったってば。引っ張らないでよー!!」

「お前が遅いとあたいのご飯も遅くなるんだ。さっさとしろ」

「はいはい。この可愛いクロネコめー!!」

「みゃうっ⁉ さ、さわんなー!!」

騒がしい声と一緒に、エルミナも来た。エルミナを席に座らせ、朝食が始まる。

メニューは、焼きたてパンとスープ、サラダ、そして卵とトマトの炒め物だ。

エルミナは焼きたてパンをバクバク食べている。

「ん～♪　やっぱりここのパンは美味しい!!」

「あたしも、ここのパンが好き!!」

ミュディとシェリーは美味しそうにパンを齧り、ミュディはクスクス笑いながら卵とトマトの炒め物を食べている。ローレライはスープを啜り、クララベルはキュウリの入ったサラダを渋い顔で睨み、キュウリをそっと押しのけてローレライに睨まれた。

「クララベル」

「ね、姉さま……だめ？」

「ダメ」

「うぅ……」

クララベルは、キュウリが苦手だった。渋い顔で齧り、なんとか完食。

食後にカーフィーが出され、朝食は終わった。

食後、ミュディたちは仕事に向かう。俺たちは朝食の片付けをして、ようやく朝食になる。

朝食は使用人の家で、銀猫たちと俺、ルミナを加えた六人で食べる。

朝食の準備をしたのは、マルチェラだ。

「ご主人様。お手軽料理で申し訳ありませんが……」

「いやいや、そんなのいいって。で、これは……」

「はい。お茶漬けです」

なんと、朝食はお茶漬けだった。たしかこれ、俺が作った夜食だよな。

「ミュアからレシピを聞いて作ったところ好評でして。速くて美味しい食事として、銀猫族に親しまれています」

と、マルチェラが言う。

丼にコメをよそい、残り物っぽい切り身を乗せて調味料をまぶし、その上に緑茶を注ぐ。たった一分で完成したのは、いい香りを立たせるお茶漬けだ。

「では、いただきます」

「「「いただきます」」」

「いっただきまーす!!　にゃう!!」

「みゃあ。なんだこれ……汁まみれじゃん」

「いただきます。ルミナ、食えばわかるけどこれ、美味いぞ」

お茶漬けは美味かった。

夜食だけじゃなく、朝食にもピッタリだ。しかもお手軽で簡単、魚の切り身を使っているから銀猫たちにも好評……うん。今度おやつに作ってもらおう。

「ご馳走様でした」

三分で食べ終わり、テーブルの丼を一纏め(ひとまと)めにする。

シルメリアさんは食後の緑茶を入れ、みんなで飲みながら話をした。

「では、それぞれ分担して仕事をします。ミュアとルミナは洗濯を。シャーロットとマルチェラとメイリィは屋敷のお掃除、私とご主人様は花壇の手入れをします」

「「「はい」」」

「にゃう!!」

「お、おい!!　あたいがこいつと洗濯……」

「なにか問題が？」

「……な、なんでもない」

やはりルミナはシルメリアさんには敵(かな)わないようだ。

こうして、銀猫族の仕事が始まる。やはり、掃除がメインなのだろう。

家中ピカピカだし、料理もとても美味い。銀猫族がいなかったら、俺の食生活は違っていた。

銀猫族は、毎日朝早く起き、夜遅くに寝ている。もっと休んでほしいけど、言っても無駄なのだ。

銀猫族は、俺たちの生活を支えている。せめて、美味しい魚を食べて頑張ってほしい。

縁の下の力持ち。それがこの村の銀猫族だ。

さて、職業体験も今日が最終日。
今日の仕事は村民浴場。村の憩いの場にして、仕事終わりにみんなが汗を流し、酒を飲んでゆっ

くりする場所である。今では住人だけでなく、天使族(エンジェル)や悪魔族(デヴィル)がよく入りに来る。

ここは、エルダードワーフのフロズキーさんが管理し、数人の銀猫族が掃除を担当している。今日は俺も浴場の作業員として頑張るぞ。

と、事務所にもなっている浴場裏の巨大鉄鍋のある小屋で頭を下げる。

「今日はよろしくお願いします!!」

「おう。にしても、村中の仕事場を見て回るなんて面白ぇことやってんじゃねぇか」

「あはは。俺も村長ですし、いろいろ知っておきたいこともありますし」

「「「「よろしくお願いします。ご主人様」」」」

「うん、よろしく」

銀猫たちは五人で、俺に向かって一斉に頭を下げる。服装がメイド服ではなく、浴衣(ゆかた)姿だった。

コートのような生地の薄い服を、お腹の辺りで太い帯で締めている。

視線に気付いたのか、フロズキーさんが説明した。

「これはエルダードワーフの故郷に伝わる女の服でな」

「ええ、浴衣ですよね」

「お、知ってんのか。ドワーフの女どもが着るやつじゃ小さいからな。ミュディの嬢ちゃんに依頼して作ってもらった」

「へぇ……みんな似合ってるなぁ」

「「「「あ、ありがとうございます……ご主人様」」」」

おいおい、みんな照れちゃったよ。ネコミミと尻尾が動くからわかりやすい。

フロズキーさんはゲラゲラ笑いながら言う。

「村長は銀猫嬢ちゃんたちと仕事をしてくれや。オレの方はいい」

「え……でも」

「がっははは!! 湯の調整はオレにしかできねぇからな。素人にゃあ触らせることはできねぇ」

「わ、わかりました」

職人に意見するのはやめておこう。

浴場の湯は、川から引いた水を温めて各浴場へ流している。男湯に女湯、村長湯……いつでも入れるし、お湯の温度はちょうどいい。これはフロズキーさんが適温に調整してくれているからだ。

銀猫たちと一緒に小屋から出て、仕事を始めることに。内容は単純明快。浴場と大広間の掃除だ。

浴場は、魔獣の毛で作ったブラシでゴシゴシ洗い、浴槽も綺麗にする。浴槽はいくつかあるので、交代で湯を抜いて手早く洗い、再び湯を入れる。そして別の浴槽の湯を抜いて手早く洗い……を繰り返す。大広間の掃除は、テーブルを拭いたり冷蔵庫のお酒を補充したり、おつまみを作って冷蔵庫に入れたりしておく。特にお酒は切らせない。切れたら暴動が起きるレベルだ。

「な、なるほど……大変だな」

俺は浴場担当のリーダー、銀猫族のアーミラに聞く。

「五人でできるのか？」

「はい。手分けして行いますし、午前中はそれほど利用客がいませんので。朝風呂が終わったあとは、みなさんお仕事の時間ですしね」

「そっか。じゃあ、俺はどうしよっか？」

「では、ご主人様は女湯のお掃除をお願いします」

「わかった」

俺は銀猫二人と一緒に、女湯のノレンを潜った。

そういえば、女湯の浴場に入ったの初めてだ。

大きな浴槽が二つに、村長湯の倍以上の広さの洗い場。大きな壺に湯を入れた『瓶湯』に、外には露天風呂と蒸し風呂。女性は数が多いから浴場内もかなり広い、ここを三人で掃除するのは大変だ。

ちなみに、俺と一緒にいる銀猫はモーリエとルールー。この浴場ができてからずっと働いているベテランだ。

「ではご主人様。ブラシで床の掃除をお願いします」

「わかった」

モーリエは浴槽の湯を掬い、床一面に撒く。ただ湯を捨てるのは勿体ない。さすがベテランだ。

俺は魔獣の毛で作ったブラシで、ゴッシゴッシと床を磨く。モーリエとルールーは、湯の抜けた浴槽をブラシで洗っていた。

「それに、しても……っ!!　けっこう、たいへん……っ!!　だなっ!!」

力を込めながら喋るのは難しい。

腕だけでなく全身を使って床を磨く。ゴッシゴッシ、ゴッシゴッシ……というかこれ、広すぎだろ。

「っぷぁ……はぁ、はぁ……って、おいおい」

モーリエとルールーを見ると、手が高速で動いていた。

俺がゴッシゴッシ、ゴッシゴッシ。モーリエとルールーはシャシャシャシャシャシャッ!!　シャシャシャシャシャッ!!　って感じだ。しかも力を抜いているようには見えない……そういえば銀猫族って、サラマンダーたちが来るまではエルダードワーフの手伝いをしてたんだよな。

「っく……ま、負けるか!!」

俺も負けじとブラシを握り、床の掃除を再開するのだった。

汗だくになり、ようやく掃除が終わった。

湯を抜き、浴槽を洗い、湯を入れ、湯を抜き、浴槽を洗い……モーリエたちが浴槽を全て洗い終える間に、俺は床掃除を一人で終わらせ……られませんでした。

浴槽掃除が終わった二人は、俺以上に速く広い範囲の床を掃除した。

「……俺、非力だよな」

「そ、そんなことはありません!!」

「そうです!!　わ、私たちは慣れているので……」

「はい!!　ご主人様のおかげで作業がとても楽になりました!!」

「ありがとうございます、ご主人様!!」

矢継ぎ早にフォローしてくれる二人の優しさが嬉しい……でもちょっと辛い。

すると、浴場の入口がガヤガヤと騒がしく……え？

「あー、こんな時間にお風呂っていいよねー」

「メージュが果実洗浄浴槽に落ちるのが悪い」

「ルネアの言う通り!!　ね、エレイン」

「シレーヌちゃん、メージュちゃんが落ち込んでるから……ね、エルミナちゃん」

「どうでもいいわ。お風呂入ったら一杯どう？　ねぇメージュ、いい？」

「ダメ。午後の仕事があるんだから、果実水にしなさい」

おい……おい、ヤバいぞ。脱衣所から聞き慣れた声……は、ハイエルフ女子たちだ!!

「も、モーリエとルールー!!　俺がここにいるって知ってるのか!?」

「いえ。清掃中と看板は出していますが」

「はい。私たちが掃除をしていることは知っていると思われます」

超冷静な二人。

やばい。服を脱いでるのがシルエットでわかる。ここで叫んだら聞こえるか？　いや、モーリエとルールーに説明してもらえば。エルミナならともかく他のハイエルフ女子はまずい!!

「じゃ、おっさきー」

「あ、エルミナ、わたしも行く」

俺は決めた。

「ま、待て!!　入るなぁぁぁぁーっ!!」

「へ？　アシュト？」

俺はダッシュし、叫びながらドアを押さえるという荒技を披露(ひろう)……できなかった。

ドアに手を伸ばすと同時にドアが開き、伸ばした手は柔らかいものをしっかりと握る。そして……走った勢いでそのまま倒れてしまった。

「いちち……す、すま……あ」

「……そん、ちょ」

右手が掴んでいたのは、ルネアの胸。押し倒したのは、裸のルネアだった。

顔を真っ赤にしたルネアを目が合う。

ゆっくり顔を上げると、ポカンとしてる裸のハイエルフ女子たち。そして、身体を隠すことなく怒りに身を震わせる愛(いと)しの妻……エルミナだった。

「アシュト……この変態いいいいいいっ!!」

「うがっはぁぁぁぁっ!?」

エルミナに蹴り飛ばされ、俺は気を失った。

目覚めると、昼を過ぎていた。

掃除も終わり、おつまみの仕込みも終わっていた銀猫族は、遅めの昼食を食べ終わり、これから来るであろう住人たちに備えていた。

俺、掃除しかしてない。アーミラは俺を心配していたが、何かできることはないかと聞く。

「あとは、お風呂の利用客である皆様をおもてなしするだけです。調理や接客がメインとなるので、私たちの得意分野です」

「あー……俺の役目、終わりか」

「ご主人様。せっかくですので、お風呂で汗を流してはどうでしょうか。お掃除で汗だくでしょうし、本日は私たちにお任せして、ゆっくりお休みください」

「……わかった」

浴場の仕事は、とにかく力仕事だ。

お風呂で汗を流す者たちにとって、浴場が汚いと癒やされない。この仕事はかなり重要だ……もっと人を増やすべきかも。

俺はアーミラたちとフロズキーさんにお礼を言って、村長湯へ入りに休憩室へ。

「やっほ、アシュト」

「……な、なんでいるの？」

「いや、その……蹴ってゴメン」

「あ、いや。あれは俺が悪かったたし……ルネアにも謝りたいんだけど」

「今はダメ。あの子、恥ずかしがって引っ込んじゃったからね」

エルミナは、休憩室の冷蔵庫にある果実水を飲み干し、俺の顎を撫でた。

エルミナの蹴りがヒットしたからな。少し熱を持っている。

「顎、大丈夫？」

「ああ。痛みはないよ」

「そっか。で、これからお風呂？」

「うん。掃除で汗かいたからな」

「ふーん……じゃあ、一緒に入ろっか」

「え」

「お詫びに、背中流してあげる」

エルミナと一緒にお風呂……ま、ここはありがたく流してもらうか。

◇◇◇◇◇◇

この数日、いろいろな村の仕事を体験した。

ミュディとハンカチを作り、ローレライと本を整理し、エルミナと農園で収穫し、ディミトリの館の接客を手伝い、製鉄所を見学し、龍騎士の警邏に付き合い、シルメリアさんの手伝いをして、浴場の清掃をした。

仕事を終えてわかったのは……人には得手不得手があるってことだ。

「やっぱり、俺は薬師だな」

一人、温室の手入れをしながら呟く。

俺の育てた薬草は、この村で働く人たちの薬となって巡っていく。

ハンカチを織れば指を切るだろう。本の整理で腕を痛めたり、洗い物で手が荒れることもある。

カーフィーや製鉄所で火傷だってするし、騎士はトレーニング、浴場で転んで怪我だってする。

俺は、そんな人たちの怪我を治療する薬師だ。いろいろ手を出したけど、やっぱりこれしかない。

『アシュト、アシュト』

『きゃんきゃんっ!!』

「お、ウッドにシロ。一緒に遊んでるのか」

シロに乗ったウッドが温室に入ってきた。

俺の周りをグルグル回るのでシロを撫でる。すると、気持ちよさそうに顔を綻ばせた。

『アシュト、ゴキゲン……ドウシタノ？』

「ん、いや。改めて俺がするべきことがわかった。俺は薬師だからな。みんなが怪我をしたらしっかり治療できるように頑張ろうって思ったんだ」

『ウッドモ、ウッドモテツダウ!!』

「はは。ありがとうな、ウッド」

ウッドの葉っぱ頭をカサカサと撫でると、嬉しいのかシロも飛び跳ねる。

そうだ。俺は薬師。この村の住人を守る薬師なんだ。

そんなある日……俺は薬師として最大の困難に立ち向かうことになる。

「村長、大変だ村長!!」

「おわっ!?　って、シンハくん？」

「大変なんだ……大変なんだって!!」

「お、落ち着いて。どうしたの？」

薬院で読書をしていると、デーモンオーガのシンハくんがワタワタしながら飛び込んできた。

この慌てよう、何かあったのかな？

「け、怪我した。ハイエルフの姉ちゃんが怪我したんだ!!　腕が取れそうなんだよ!!」

「ッ!!　な、なんだって!?　だ、誰が？　ど、どこで……」

「えっと、えっと、あの……」

「……落ち着いて。ゆっくりでいい」

「あのね、ハイエルフの姉ちゃんたち数人と森に行ったんだ。父ちゃんとおれと、ハイエルフの姉ちゃんと……で、ま、魔獣がいきなり現れて、ハイエルフの姉ちゃんの腕に食らいついて……父ちゃんが怒って魔獣を殺したんだけど、ハイエルフの姉ちゃんの腕が千切れそうで」

「わかった。怪我人はどこ？」

「も、もうすぐここに。おれ、先に来て村長に伝えて……」

「ありがとう。あとは俺に任せて」

くそ、こんな日に限って当直は俺しかいない。

フレキくんとエンジュは、マカミちゃんとその妹のコルンちゃんを連れてワーウルフ族の村に帰ってるし、怪我の程度はわからないけど、腕が千切れそうになってるってことはかなりの深手だ。

おそらく、手術が必要になる。

手術……痛みを消す丸薬を飲ませて、皮膚を縫ったり繋げたりする技法だ。シャヘル先生の指導を受けたけど、腕を繋ぐほどの手術は俺も初めてだ。

「とにかく、道具を準備しないと」

植物の茎から作られた極薄の針と糸。各種薬品。ドワーフに作ってもらったルーペ。あとは……

くそ、落ち着け。

「村長!!」

「……メージュ？　おい、嘘だろ……ルネア!?」

薬院に飛び込んできたメージュはグシャグシャに泣き、怒りと屈辱に震えるデーモンオーガのバルギルドさんの腕には、血の気の失せたルネアが抱きかかえられていた。

その後ろには、同じように泣いているシレーヌ、エレイン、そして……エルミナ。

「お願いアシュト!!　ルネアを助けて!!」

「エルミナ……」

「お願い。この子を……助けてよぉ」

こんなに取り乱すエルミナ、初めて見た。酒好きでいつもおちゃらけた俺の奥さんが、友達の姿に悲しみ、絶望している。

こんな姿、見たくない。

「すまない……オレが、オレが少し目を離した隙に」

バルギルドさんが沈痛な面持ち(おもも)ちでそう言った。

「怪我人を診察台へ」

「くっ……」

「急いで!!」

「あ、ああ」

俺がバルギルドさんを怒鳴ったのは初めてかもしれない。

だが、そんなことどうでもよかった。布が巻かれたルネアの腕。布を外し……

「…………っ」

右の二の腕は、ほとんど千切れていた。切断寸前。肉だけじゃなく、骨まで食われている。

これは、酷い……

「村長、お願い……この子の腕、治して」

「お願い、お願い……」

「おねがい、しますぅ……」

メージュ、シレーヌ、エレインの悲痛な声。

エルミナは俯き、グスグス泣いている。

俺は息を吸って……吐く。そして、丸薬を一つ摘まみ、ルネアの口元へ。

「ルネア、聞こえるか？　これを飲んでくれ……これを飲んで俺を見て」

「ぁ……村長？　わたし」

「飲んで。さぁ」

「…………ん」

精神を落ち着かせ、痛みを感じなくさせる丸薬だ。手術の前にこれを飲ませれば、拮抗薬を飲ませない限り目覚めることはない。

ルネアはかすかに頷き、小さく口を開けた。

俺は丸薬を入れると、ルネアは残された力を使って呑み込む。すると、すぐに目がトロンとなり、そのまま眠ってしまった。

「みんな、部屋から出て。あとは俺に任せて」

バルギルドさんに頼み、ハイエルフたちを退室させる。俺は服を着替え、手を消毒し、マスクと帽子を被る。

「ルネア、俺が必ず治してやるからな」

手術が始まった。

まず、血管を糸で縛って出血を止める。肉と骨は魔獣に食われてしまったので代用品が必要だ。

「……ユニコーンの角だ。肉は魔獣の肉を使う」

失った肉は、エンジュから習った魔獣肉で代用する。

ダークエルフは狩りで手足を失うことも珍しくない。なので、魔獣の手足を接合したり、肉を移植する技術があるらしい。部位の接合は見栄えが悪いので今はやっていないとか。

エンジュに感謝し、特殊な薬剤で保存しておいた肉を加工する。これの加工だけで数時間はかかってしまう。

最初に血管を繋いで縛っていた糸を解く。すると血が流れ、ルネアの指先が温かくなる。シャヘル先生の指導では、優先すべきは血流の確保って言ってた。

骨はルネアのサイズに合わせユニコーンの角を削って形を作る。そして、植物製の接着剤で骨を接合した。

「血管よし、筋肉、神経……ふぅ」

筋肉を移植、魔獣の神経を移植して繋ぐ。これだけでまた数時間……もう朝だ。縫合でずっとルーペを見ていたから目が痛い。頭もクラクラする……でも、手術は終わらない。

「……よし」

あとは、皮膚だ。女の子だし、跡が残らないようにしなくては。

皮膚には魔獣の内臓を加工した薄い膜を貼る。この膜は魔獣の胃から作られたもので、人の皮膚と似たような成分でできているらしい。これもダークエルフの知恵。外傷に関することならダークエルフには敵わないと、改めて思い知らされた。

皮膚の代わりに腕に縫い付ける。あとは、薬草で作った包帯を巻き、動かないように固定……

「……終了」

終わった……あれ、もう昼を越えてるのか？

始めたのが昨日の日中だったから、丸一日手術をしてたのか。

「っと、拮抗薬を……」

ルネアの口に拮抗薬を入れる。丸薬ではなく液体だ。

身体を起こして流し込むと、ルネアはゆっくりと目を開けた。

「う……うぅ」

「大丈夫か？」

「……いたい」

「ははは。そりゃいいことだ。しばらくは動かせないけど、少ししたら動かす練習をしような」

「え……」

「大丈夫。ちゃんと腕は繋がってる……ちゃんと治るからな」

「……ぅ」

ルネアは、ポロポロと涙を零し、俺の胸に顔を埋めた。

俺はルネアを優しく抱きしめ、その頭を撫でてやる。

「村長……ありがと」

「ああ。少し休め。血をたくさん失ったからな。シルメリアさん……いや、ハイエルフのみんなに薬膳料理を作ってもらおう」

「うん」

さて、あとはみんなに報告だ。

部屋の外に出ると、エルミナだけじゃなくたくさんの人がいた。さすがに驚いたが、俺はにっこり笑って頷く。それだけで伝わったのか、住人たちは歓声を上げた。

ハイエルフたちは泣き崩れ、ミュディやシェリーたちも抱き合って喜んでいる。

みんなの姿を見ていると、薬師になってよかったと思う。

とりあえず、俺も少し休ませてもらおうかな。

◇◇◇◇◇◇

ルネアの腕は、順調に回復していた。

ユニコーンの骨と魔獣の血管、神経、筋肉がしっかり繋がり、薬草で作った包帯やハイエルフの秘薬のおかげで、肌に傷が付くようなこともない。

縫合に使った糸も、時間が経てば組織に吸収される。でも、表面だけだ。真の辛さはここから始まる。

「んっ……ん、っくぅ」

「頑張れ。ゆっくり手を握って……そうだ」

神経は繋がったが、やはり簡単には動いてくれない。こればかりは、使って慣れさせるしかない。

ルネアは手を開いたり閉じたりを繰り返し、日常生活に戻るために訓練をしていた。

薬院の仕事をフレキくんたちに任せ、俺はルネアに付きっ切りで訓練に付き合う。

「あと五回……四、三、二……よし、終わり」

「つぷぁ」

ルネアはテーブルに突っ伏す。

薬院の隣にある部屋は、入院できるようにベッドもある。今はルネアの着替えや私物でいっぱいになっていた。

テーブルの上には、ルネアの訓練用の道具がいっぱいある。柔らかいボールや本、少し重めの重りなどだ。

現在、手を開閉させせながら指を慣れさせせている。

「村長、辛い……」

「頑張れ。普段通りの生活に戻るには、この訓練を乗り越えないと。農園での仕事もあるし、みんな待ってるぞ」

「ん……」

「じゃ、今度はこのボールだ。これをゆっくり握って開いて」

「うん」

ルネアの怪我は、俺にとっても初めての経験だ。

あれだけの手術は初めてだったし、エンジュの教えがなければ諦めていたかもしれない。

やはり、俺は薬師だ。

他の仕事に興味を持つのもいいけど、薬師としてもっともっと学ばなければならない。

「……………」

「ん、どうしたルネア？」

「……村長、ありがと」

「うん。そう思うなら、ちゃんと治って元気になれ。みんなそれを望んでいる」

「うん……わたし、村長が好きだよ」

「ああ、ありがとな」

「………むぅ」

ルネアはなぜか頬を膨らませ、そっぽ向いた。

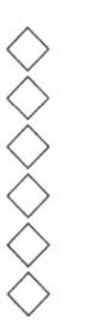

ハイエルフ女子がいっぱいお見舞いに来たので、ルネアの訓練は休憩となった。
その間、俺は薬院に戻り、フレキくんとエンジュの手伝いをする。
すると、フレキくんが頭を下げた。

「お疲れ様です師匠……はぁ、すみませんでした」

「フレキくん。もういいって」

「ですが……」

フレキくんは、村で初めての大手術の手伝いをできなかったことを後悔していた。

もちろん、ワーウルフ族の村の往診だって大事な仕事だ。何度も言ってるんだけどな。

「師匠の手術、見たかった……」

「フレキ、もうそれ以上言わんといて。終わったことといつまでもぼやいてもしゃーないやろ。それとも、また怪我人でも出ればええとか思ってるんじゃないやろな」

「そ、そんなこと考えるわけないだろ!! ボクは」

「だったら黙りや。あんましつこいと男を下げるで」

「うっ……」

「はいはい。フレキくんもエンジュも喧嘩しない。でもフレキくん、エンジュの言うことも一理ある。いつ、いかなる時、どんな怪我や病気に遭遇するかわからない。怪我を望むなんてあっちゃいけないことだし、俺たち薬師は、その時のベストを尽くさなくちゃいけないんだ」

「……申し訳ありません」

フレキくんは泣きそうな顔になり、頭を下げる。

厳しくても、フレキくんのためだ。少しは師らしくしないと。

「師匠、ボク……もっと精進します!!」

「うん。一緒に頑張ろうね」

「ウチも一緒やで!!」

俺、フレキくん、エンジュは互いに切磋琢磨する仲間として……

「くぁぁ……みゃう？　もう朝？」

「ルミナ、お前……」

ルミナは、ソファですやすや眠っていた。可愛いので寝かせていたが、どうやら起こしてしまったようだ。

ルミナは伸びをして立ち上がり、俺の身体に頭を擦り付けてくる。ネコミミを撫でると、気持ちよさそうにみゃあと鳴いた。

「ルミナ、お前も頑張ってくれよ」

「みゃう……もっと撫でたら頑張ってやる」

「はいはい。なでなで」

「ごろごろ……」

さて、そろそろお昼か。ルネアの様子を見に行こうかな。

ルネアの部屋では、エルミナを含めたハイエルフ女子たちが、お菓子やケーキを広げて女子会を開いていた。

俺が部屋に入るとキャーキャー騒ぐ……なにごと？

「村長、ケーキあるよケーキ!!」

「お菓子もいっぱいあるからさ‼」

「ほらほら座って座って‼」

「果実水あるよー？」

「お、おう……なんだよ一体」

「みんなあんたに感謝してんのよ」

エルミナがクッキーを齧りながら言う。

メージュは、ルネアの腕を触りながら笑っていた。やはり、親友の身体に傷が付いてないのが嬉しいんだろう。

俺はエルミナの隣に座り、クッキーをつまんで齧る。

「ルネアの腕、大丈夫なの？」

「ああ。以前と変わらないように動かせてきてるよ。訓練も頑張ってるし、二か月もすれば戻ると思うぞ」

「そっか……よかった」

エルミナは安心したのか胸をなでおろす。ルネアは震える手でクッキーを掴み、ゆっくりと口に運ぶ。シレーヌとエレインがハラハラしながら見守り……口に入った。

「ん、美味しい」

「そ、そう？　それ、あたしとエレインで作ったやつ」

「よかったぁ……美味しくできたとは思ったんですけど、ルネアちゃんの口に合ったようで」

「また作ってきてね」

この頑張りなら、回復もすぐだろう。俺もルネアの補助を頑張ろう。

「…………」

「ん、どうしたエルミナ？」

「んー……ルネア、あんたを見る目がその、キラキラしてるって言うか……」

「は？」

「……ま、いいや」

エルミナは首を傾げ、すぐに元に戻した。

その後も、ルネアのお見舞い客は続いた。

バルギルドさんとシンハくんは花束を持ってお見舞いに。どうも魔獣から守れなかったことを悔やんでいるようで、お見舞い品としてルネアの腕に噛み付いた魔獣の頭蓋骨を持ってきた。

さすがのルネアも苦笑い。そしてバルギルドさんたちを許した。そもそも、怒ってなどいない。

ハイエルフ女子たち、天使族（エンジェル）や悪魔族（デヴィル）の女子も見舞に訪れ、花やお菓子などをたくさん持ってきた。大漁のお菓子にルネアは大喜びだ。

「食べすぎは駄目だからな」

「えー」

「栄養あるものを食べないと駄目だぞ」

「……はーい」

ルネアはふてくされていたが、ちゃんと言うことを聞いてくれる。

お菓子に伸ばした左手をひっこめ、俺をジッと見た。

「ねぇ村長」

「ん？」

「あのさ、今日……一緒にご飯食べたい」

「ああ、いいぞ」

「やった……ありがと」

ルネアはにっこり微笑んだ。

数日後、ルネアは退院した。

握力はまだ完全じゃないが、日常生活に不便はないまでに快復したのだ。傷跡も残らなかったし、本当によかったと思う。そして、退院間際、ルネアはこんなことを言った。

「わたし、ここに住みたいな……村長と結婚すれば一緒にいれる？」

「はい？」

上目遣いで俺を見るルネア。

「ちょ、ルネア⁉」

メージュが頭を掴んでがっちりと締め上げ、引きずられるように帰った。

エルミナが言ってたけど、今日はルネアの退院祝いをするそうだ。今日ばかりはサービスということで、『成長促進（グロウアップ）』を使った超熟成ワインを一樽送ることにした。ハイエルフはワイン好きだし、村で獲れたブドウが一番いいだろう。

これにエルミナが歓喜する。

「ワインワイン～♪　ありがとね、アシュト」

「ああ。飲みすぎるなよ？」

「うん!!　あ、試作品のコメ酒も出しちゃおっかな。クララベルに頼んでお菓子とおつまみをいっぱい作ってもらって……あ、ミュディたちも呼ばないと!!」

さて……俺は胃薬と整腸剤をいっぱい準備しておくか。

第九章　デーモンオーガ大暴れ

ハイエルフ女子たちが宴会で大騒ぎしている頃。

「…………」

「バルギルド……まだ悩んでるの？」

「……むぅ」

バルギルドは、今回のルネアの怪我に責任を感じていた。

ルネアを襲った魔獣は、バイティングウルフという狼型の魔獣で、群れで動くのが普通なのだが……たまたま群れからはぐれた一匹が、空腹のためルネアを襲ったのだ。

バルギルドは、完全に油断していた。バイティングウルフは群れで動くという固定観念に囚(とら)われ、まさか単体で藪(やぶ)から飛び出すなど考えていなかったのだ。

その結果が、今回の事件に繋がった。

アーモは、自宅のリビングで一人酒を飲むバルギルドを慰める。だが、兄であり夫だからわかる……バルギルドは失敗こそ少ないが、一度ミスすると引きずるタイプなのだ。

アーモは、バルギルドの対面に座り、酒瓶を掴む。

「もうおしまい。飲みすぎは身体に毒よ」

「……デーモンオーガに毒は効かん」

「そういう意味じゃないっての。もう……シンハも落ち込んでるし、あんたが気落ちしたままだったらあの子も立ち直れないわ。ほら、しゃんとしなさい」

「……む」

「ルネアは、村長がしっかり治してくれたでしょ？　あんたが謝罪してルネアも許してくれたし、いつまでも引きずるとルネアが悲しむわ。明日も仕事があるんだし、今日はもう休みなさい」

「…………」

バルギルドは無言で立ち上がり、寝室へ向かった。

アーモはグラスを片付け、少しだけ考えた。

「……バイティングウルフ。一匹見つけたら千匹はいると思え、か」

群れを形成する魔獣で最も多いのがバイティングウルフ。

ルネアを襲った一匹は、バルギルドがその場で殺した。

もしかしたら、群れが近くにいるのかもしれない……そう考え、ディアムド一家に相談しようとアーモは決めた。

◇◇◇◇◇◇

「……なるほどな」

「確かに、調べた方がいいわね」

ディアムドとネマ夫妻にバイティングウルフの件を説明すると、二人とも顔を険しくして頷く。

単体では大したことはないが、バイティングウルフは非常に数が多い。今までは向かってくるバイティングウルフを倒せばよかったが、村のことを考えると取りこぼすのはマズい。

殲滅。それ以外に選択肢はない。

「ルネアが襲われた場所を調べましょう。魔犬族を連れて匂いを探ってもらうのはどう？」

「そうね……群れを発見できればあとは殲滅するだけだしね」

アーモとネマが相談をしている中、バルギルドは目を閉じて腕を組んでいた。

ディアムドはバルギルドに静かに尋ねる。

「……どうした？」

「……いや」

「まだ気にしているのか？」

「………かもな。やはり、自分が許せん。たとえ謝罪して赦されようと……自分が自分を許せぬのだ。少女の身体に傷が付いたことは事実だ。跡が残らなくても、傷が付いたことに変わりはない……オレは、守れなかったのだ」

「………」

互いに無口な性格だが、その想いは痛いほど伝わった。

ならば、デーモンオーガとしてやることは一つ。

「なら、暴れるしかないな」

「………？」

「確かに。お前は守れなかった……が、原因はお前の不注意とバイティングウルフだ。ならば、あとはバイティングウルフと戦うだけだ」

「………」

「暴れるぞバルギルド。お前が自分を許せるまで、バイティングウルフと戦うのだ。それがデーモンオーガというものだろう？」

「…………ふっ」

ディアムドの言葉で、ようやくバルギルドは笑った。

魔犬族の男ゲイツを連れ、デーモンオーガ一家はバイティングウルフの調査に出かけた。

ルネアが襲われた場所にはバイティングウルフのフンがあり、ゲイツが顔をしかめながら匂いを辿（たど）る。

「……ん」

「どうしたの？」

「いえ、この匂い……遠いですが、同じ匂いが」

ゲイツは、バイティングウルフの匂いを感じ取った。魔犬族の嗅覚は、あらゆる種族の中でも群を抜いている。数キロ程度ならコメ一粒でも匂いを辿ることができる。

アーモは、子供たちに言う。

「キリンジ、ノーマ。あんたらは向かってくる奴らだけ相手を。シンハはゲイツとエイラを守りなさい」

「はい、アーモさん」

「わかった。お母さん」

「おれも前に出たい‼」

「ダメ。いい、シンハ。あんたはまだデーモンオーガの特性……鋼鉄の肌の特性が出てないんだから。噛まれたらルネアの二の舞よ」

「うっ……」

「ちゃんとエイラを守りなさい。いいわね」

「はーい。母ちゃん」

そして、歩くこと一時間……ゲイツは立ち止まり、ゴクリと唾を呑み込む。

「……これ以上は近付けません。い、います」

「……いるのか?」

「はい……か、かなり」

ゲイツは、冷や汗を流していた。少し歩くと、バルギルドたちにもわかった……血の匂いである。

風向きに気を付けて進み、藪から顔を出すと。

「……ふむ」

ざっと、千匹。

バイティングウルフの群れが、数十頭の魔獣を襲い、その肉を食らっていた。

バイティングウルフの最大の強みである『数』の暴力。これには、さすがのデーモンオーガも渋い顔をする。

「どうする?」

「決まっている。一匹ずつ潰せばいい……」

バルギルドは、落ちていた石を拾う……そして、思いきり振りかぶってバイティングウルフの群れの中心に投げた。

『ギャッ⁉』

石は、数匹のバイティングウルフの頭や腹を貫通し、ようやく止まった。

同時に、ディアムドとノーマ、ネマ、アーモ、キリンジが飛び出す。

バルギルドは、武器を背負ったまま飛び出し、骨をゴキゴキ鳴らした。

「さぁ……やろうか」

千匹のバイティングウルフが、デーモンオーガ一家に襲いかかった。

シンハとゲイツは、バルギルドたちがバイティングウルフを蹴散らす様を、藪の中で見ていた。

「やっぱ父ちゃんも母ちゃんもキリンジ兄ちゃんもすっげぇ‼」

「た、確かに……これ、千匹どころか一万匹いても楽勝かもな……」

噛み付かれても関係なし。デーモンオーガの肌が傷つくことはなく、バイティングウルフの歯が欠ける。

武器を一振りするだけで、バイティングウルフが数十匹舞う。圧倒的な光景に見惚れている。

「おいエイラ見ろよ、みんなすっげぇぞ‼」

「おにーたん、おかーたん、おとーたん、おねーたん‼　みんなすごい‼」

「だろ？　おれもあんなふうにばったばったと」

「し、シンハくん‼」

「へ？　おっわぁ⁉」

なんと、シンハの後ろにバイティングウルフが二頭いた。

これには驚き、シンハもゲイツも対応が遅れた。

「えーいっ‼」

『ギャウッ⁉』

『ガハッ‼』

エイラが二頭に頭突きを食らわせた。

すると、エイラのツノが二頭の頭に突き刺さり絶命……シンハとゲイツは難を逃れた。

「え、エイラ……」

「えへへー、はじめてやっつけたの‼　おとーたん、ほめてくれるかな？」

「あ、ああ……さすがエイラちゃん、驚いたよ」

「いえい‼」

エイラはツノにバイティングウルフが刺さったまま、シンハとゲイツに嬉しそうにピースした。


「…………ふむ、終わりか」

数十分後。バルギルドは、リンゴを潰すように片手でバイティングウルフの頭を握り潰す。

どうやら今のが最後のバイティングウルフだったようだ。数えてはいないが、群れは壊滅したと言っていいだろう。

バイティングウルフの恐ろしさはその繁殖力にある。一組のつがいを見逃せば、一か月で千の群れになると伝わっている。だが、今回は間違いなく根絶やしにできた。

「……ふぅ」

暴れたらすっきりしたのか、バルギルドは笑顔だった。

ルネアの仇は取った。そのことを報告し、もう一度だけ謝ろう。それでこの話は終わりだ。

「さて、こいつの片付けは大変ね」

「そうね……バイティングウルフは食べられないし、埋めるしかないわ」

「あ、じゃああたし穴掘る!!」

「おれも!!」

「エイラもー!!」

「……オレも掘るよ」

「………ふ」

デーモンオーガたちは、後始末を始めた。

肉にもならない獲物を狩るのは無益だったが、どこか楽しげに見えた。

第十章　シャヘル先生の一日

『…………なるほど。大変でしたね』

「なんとか無事に終えました。今は回復して、日常生活も送れているようです」

『ふふふ。さすがはアシュトくんですね』

「そんな。これも全部シャヘル先生の教えがあったからで」

ルネアが退院して数日。

俺は、手術をしてから回復に至るまでの経緯を薬師の師匠であるシャヘル先生に報告していた。

手術の内容や手順などをまとめた記録を作り、村の保管用とシャヘル先生に渡す用とを作成し、ドラゴンロード王国の郵便担当の龍騎士に依頼して、ビッグバロッグ王国まで運んでもらうことにした。

現在、報告書をまとめながら、『リンリン・ベル』でシャヘル先生と話している。

「村では狩猟も行われますし、村の外に出かける人も多いです。またこんなことがないとも言い切れませんし……俺だけじゃ対処できない怪我もあるかもしれません。シャヘル先生、報告書を読んで、気付いたことを教えてください!!」

『……ふふ』

「……え、えっと」

『いえ。成長しましたね……いや、今なお成長している。こんなことを言うのは卑怯かもしれませんが……やはり私は、君と一緒にビッグバロッグ王国で学びたかったですよ』

「……シャヘル先生」

『すみません。年寄りの妄言と受け取ってください。報告書の件はわかりました。私にできることは協力しましょう』

「あ、ありがとうございます!!」

俺は、無駄だと思うが確認した。

「シャヘル先生。先生さえよければ、村に招待を……」

『申し訳ありません。温室と農園がありますので……』

「……はい」

やっぱりそうだよな。俺だって、シャヘル先生が『ビッグバロッグ王国に戻ってこい』と言っても断るし。

『ですが、いつか君の村にはお邪魔してみたいですね。私の寿命が尽きる前には行ってみようと思います』

「そんな……し、死ぬとか言わないでください。その、いつでも歓迎しますので!!」

『ありがとうございます。ふふ、この歳で新しい楽しみができるとは』

ハイエルフの寿命はほぼ無限だが、エルフであるシャヘル先生の寿命は数百年だ。

シャヘル先生は三百歳ほど。まだまだ元気だが、いつ迎えが来るかわからないとのこと。

俺がユグドラシルの果実を食べてほぼ不老長寿になったことは報告したけど、純粋に寿命が延びたことを喜んでくれた。

『ではアシュトくん。また』

「はい。お元気で」

通話が終わり、俺はカーフィーで喉を潤した。

アシュトとの通話が終わり、シャヘルはカーフィーを飲む。

ビッグバロッグ王国騎士団の副団長ヒュンケルからお土産でもらったこの飲み物は、苦いが慣れると病みつきになる。全て飲んでしまっても、アシュトに頼むと喜んで追加分を送ってくれた。

シャヘルの薬師としての腕名は、間違いなくビッグバロッグ王国最高。

アシュトには薬草の知識だけでなく、手術の手技も叩き込んだ。

実を言えば、伝えていないことはまだ山のようにある。

アシュトに叩き込んだのは外傷の手技だけで、皮膚を縫ったり、肉の移植の手技は基本しか教えていない。ルネアのような、肉体の消失部位を別の肉で代用する技術はまだ教えていないのである。

カーフィーを啜り、ポツリと言う。

「ダークエルフ、でしたかな……」

ハイエルフは伝説上の存在としてエルフの故郷に伝わっているが、ダークエルフという名はシャヘルも初めて聞いた。オーベルシュタイン領土には様々な種族が住んでいるというのを、改めて実感した。

アシュトの話を聞く限りでは、ダークエルフは外傷治療に特化しているようだ。

魔獣の肉を代用して移植し、腕や足など部位そのものを魔獣の四肢と置き換える術。エルフやハイエルフは大自然の恵みである薬草を治療に使うが、ダークエルフは魔獣を使って治療をしている。

会ってみたい。そんな気持ちがふつふつと湧き上がったが、シャヘルは誤魔化すようにカーフィーを飲み干す。

「ふふ。年甲斐もない……」

エルフでは高齢のシャヘル。

王宮薬師として薬師を育てる薬術院では講師を務め、王宮菜園と自分の温室で薬草を育てる毎日は、忙しくも充実している。

今は、アシュトの兄リュドガの妻であるルナマリアの専属医も務めていた。

まったりしていると、自宅であり薬院でもある家のドアがノックされる。

「はいはい。どなたですかな？」

「シャヘル先生。少しよろしいでしょうか？」

「これはこれは、アイゼン殿。どうなされましたか？」

「いえ、少し相談が」

やって来たのは、刈り上げた頭に日焼けした真っ黒な顔、筋骨隆々の肉体を持つビッグバロッグ王国の元将軍、アイゼンだった。

アイゼンの手には、束ねた薬草が数種類握られている。

「実は、ルナマリアに薬膳スープを作ってやりたいのだが……薬草が母胎に影響があったりしたら大変なので、シャヘル先生に伺おうと思いまして」

現在、ルナマリアは妊娠中だ。食欲があまりないらしいが、今は栄養を取らねばならない時期。アイゼンなりに考えての行動に、シャヘルは大きく頷いた。

今更だが、アシュトをオーベルシュタイン領に送った張本人には見えない。

「では、エルフ族に伝わる薬膳スープのレシピを伝授しましょう。確かレシピ本があったはず……」

シャヘルはアイゼンを家に招き、本棚に手を伸ばした。

◇◇◇◇◇

シャヘルは、エストレイヤ邸に往診へ向かう。

傍(かたわ)らにはアイゼンがいる。しかも、助手とばかりに往診カバンを持ってくれた。

エストレイヤ邸に到着し、ルナマリアが休んでいる部屋へ。

そこでは、お腹を大きくしたルナマリアが、メイド長のミルコが温めたミルクを飲んでいた。

「シャヘル先生。わざわざありがとうございます」

「いえいえ。では、診察を始めましょうか」

二日に一度の往診。

シャヘルはルナマリアのお腹を確認し、にこやかに微笑む。

「うん……しっかりと育っていますね」

「よかった……」

ルナマリアは、愛しげにお腹をさする……その姿は、『母』にしか見えない。

ミルコはハンカチで目元を拭い、アイゼンはそんなミルコの肩を叩く。そしてシャヘルとルナマリアがお喋りしている隙を伺ってこう言った。

「ミルコ、その、キッチンを使わせてくれ」

「はい？　旦那様……キッチンで何を？」

「決まっている。料理をするのだ」

「…………は？」

「シャヘル先生から薬膳スープのレシピを教わった。ルナマリアは食欲がないのだろう？　スープなら飲めると思うのだが……」

「なんと、まぁ……」

メイド長のミルコは、十代でエストレイヤ邸のメイドとして働き、もう五十年以上ここで働くベテランだ。若い頃はアイゼンに恋もしたが、身分違いと言うことで諦めもした。

紅蓮（ぐれん）将軍と呼ばれ、恐れられつつも人気のあったアイゼンが……まさか息子の嫁のために料理をするとは。

「わかりました。では旦那様、キッチンへ!!」

「う、うむ」

ミルコはアイゼンと一緒に、キッチンへ向かった。

アイゼンの作った薬膳スープを飲んだルナマリアの笑顔は、シャヘルも忘れることはない。

窓際の椅子に座って温室を眺めながらカーフィーを飲む。これがシャヘルの楽しみである。

帰り道、王宮菜園を覗いてから自宅に戻り、自分のためにカーフィーを淹れた。

「ふぅ……」

柔らかい風が部屋に入っては抜けていく。

今日も一日忙しかった。明日も、同じような一日が始まるだろう。

ここのところの楽しみは窓際で飲むカーフィー。そして……これから生まれるであろう、ルナマリアとリュドガの愛の結晶だ。

「ふふ……この歳になっても、楽しいことは楽しい。明日の訪れが待ち遠しいとは……私もまだまだ捨てたモンじゃないかもしれんな」

少し苦かったカーフィーにミルクを入れ、シャヘルは満足そうにカップを傾けた。

第十一章　サラマンダー族の抗争

「叔父貴……ちと、大事な話がありやす」

ある日、サラマンダー族の若頭グラッドさんと、舎弟頭バオブゥさん、他数名のサラマンダー族が、俺の家にやってきた。

なんだかいつもと雰囲気が違う……ちょっと近付くと熱気を感じるし、全員の表情も引き締まっている。とりあえず応接間へ通すと、グラッドさんは座り、他のサラマンダー族は壁際に立った。

俺も座り、シルメリアさんにお茶を頼む。

サラマンダー族は緑茶が好きなので、グツグツ沸騰したお茶を出す。するとグラッドさんは一礼し、煮えたぎるお茶を一気に飲み干した……すげぇ。

「叔父貴、まずはこれを」

グラッドさんは、一枚の羊皮紙を俺に差し出す。

受け取って読んでみる……けっこうクセの強い字だ。達筆というのだろうか。

「えーと、『応援求ム。蜥蜴組』……って、これだけ？」

「はい。以前、ダークエルフの里で盃を交わしたリザード族からです。どうやら、抗争が始まるようで……兵隊として力を貸してほしいということでしょう」

えーと。以前、ダークエルフの里に行った時にグラッドさんが仲良くなったリザード族の若者は、『蜥蜴組』という組織の一員で、そこの若頭とグラッドさんが『サカズキ』なる契り(ちぎ)を交わし、兄弟となったらしい……つまり、同盟？　専門用語すぎてよくわからん。

蜥蜴組はダークエルフ族の『ケツモチ』？　とかいう……あー、契約によって守っているようだけど、最近、蜥蜴組の縄張りにちょっかいを出す別のリザード族の組織が出てきたようだ。

「厄介なことに普通のリザード族じゃありやせん。敵は『バシリスク族』……オレらサラマンダー族と同様、リザード族から進化した希少種族です」

リザード族は、寒さに弱い。

サラマンダー族は自らの体温を上げ、炎に匹敵する温度を得ることで進化し、寒さを克服した種族。対してバシリスク族は体温を下げ、氷に匹敵する冷たさを得ることで逆に寒さを克服した、サラマンダー族と真逆の進化をした種族らしい。サラマンダー族は燃えるような真っ赤な鱗を持つが、バシリスク族は凍り付くような青い鱗を持つそうだ。どこまでも対照的だね。

「奴らは蜥蜴組のシマを狙っています。抗争は避けられねぇ……兄弟の危機、放ってはおけやせん」

「えーと、つまり……ダークエルフの里へ行くってことですか？」

「はい。叔父貴、どうか……許可を」

いや、止められないでしょ。こんなギラついた眼でお願いされちゃ、ダメとは言えない。

いやでも、抗争って戦うってことだよな。

「あの、喧嘩をしに行くんですよね？」

「いえ、戦争です。喧嘩(ゴロ)じゃ済まないでしょう」

ゴロってなんだよゴロって……それに、さすがのサラマンダー族も怪我するだろうなぁ……仕方ない。

「わかりました。ただし……俺も同行します」

「オ、叔父貴？」

「怪我人も出るでしょうし、俺も一緒に行きますよ。サラマンダー族のことはヴォルカヌス様から『頼む』って言われてますし、死人を出すわけにはいきませんからね」

「叔父貴……」

「とりあえず、急ぎですよね？　なら、今回はセンティにお願いしましょう。サラマンダー族と……俺の護衛として何人か。あとダークエルフの里だし、エンジュも連れていくか……」

「叔父貴……ありがとうございます!!」

「「「「あざーっす!!」」」」

「うおっ」

というわけで、サラマンダー族と一緒にダークエルフの里へ向かうことになった。

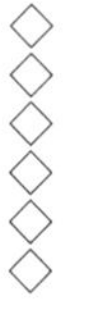

ディアーナに渋い顔をされたり、危ないことをするのかとシェリーやエルミナに睨まれたり、付いてきたがるクララベルを抑えたり、心配するミュディとローレライに心を痛めたり苦労したが、なんとかダークエルフの里へ行く許可を得た。

今回はサラマンダー族全員とエンジュ、そして俺の直接護衛にバルギルドさんとアーモさんが付いていくことになった。

「抗争か……」

「バルギルド、参加しようなんて考えちゃダメよ。あたしたちは村長を守ることが最優先だからね」

「……わ、わかってる」

「ふふ、ホントにわかりやすいね」

と、ちょっとバルギルドさんが可愛かった。アーモさんにはお見通し。

エンジュは、久しぶりの帰郷にフレキくんを連れていきたがったが。

「えー……フレキは一緒に行かれへんの？」

「ああ。フレキくんには薬院を任せる。怪我人や急病人が出たら対処してもらえるようにな」

「はぁ～……村長と一緒かぁ」

「俺で悪かったな。諦めろよ」

「まーまーエンジュ。村長と行ってきなよ‼　フレキにはあたしが付いてるからさ‼」

「ぐぬぬぅ……マカミめ」

ニコニコしてるマカミちゃんと、どこか悔しげなエンジュが対照的だ。

フレキくんはやる気満々。薬師として信用されているのが嬉しいらしい。

「師匠、薬院と温室はお任せください!!」

「うん。よろしくね」

大ムカデのセンティは、身体の長さを決め、分離させた身体をくっつけていた。

こいつもなんでもアリになってきた……まぁ便利だからいいけど。

荷物を積み、サラマンダー族の準備も整った。リザード族とバシリスク族の睨み合いもピークに達している。いつ抗争が始まるかわからない。急ぎ出発しよう。

「よし、行こう」

「「「「「「「「へいっ!!」」」」」」」」

相変わらず声がデカい。センティは俺たちを乗せ、久しぶりのダークエルフの里へ向かって走りだした。

『最短ルート、んで最高スピードやね?』

「あ、ああ……今回は精神を落ち着かせる薬を飲んだから大丈夫。飛ばしてくれ」

『お任せっすよぉーっ!!』

センティはそう言って、ダークエルフの里へ最高速度で走りだす。

俺は運搬用の木箱にしがみつき、必死に耐えていた。ちなみにこの木箱、俺一人だけで揺れの少ない真ん中に設置されているのだが、背中をポンポン叩かれた。振り返るとそこにいたのは……

「みゃあ」

「る、ルミナ⁉　なんでここに⁉」

「面白そうだったからな。付いていく」

ルミナが乗っていた。まったく気が付かなかった……というか、平然としてる⁉

「くぁ……寝る。なでろ」

「無茶言うなっつの‼」

ルミナは木箱の中で丸くなり、スヤスヤ眠り始めた。

ああもう、こんなスピードで寝られるなんて羨ましい‼

「おい、着いたぞ」

「……い、いまははなしかけないで……うぉっぷ」

ルミナに尻尾でピシピシ叩かれた俺は、寝転んでいた木箱の中で死にかけていた。

センティ、速すぎ……そりゃ急げって言ったけど、今までで最高のスピードで一日中走ってたからな……本来なら三日かかる道のりを、たった一日でやってきた。

動けない俺をよそに、サラマンダーたちはすでに降りている。

「みゃう……ここがダークエルフの里。おっきい」

「る、ルミナはこの辺に来たことないのか？」

「ない。こんな暗いところ、趣味じゃない」

ルミナの頭を撫でながら立つと、サラマンダーとリザード族、ダークエルフたちが里の入口に集まっていた。

そこには、久しぶりの顔もあった。

「お、村長やん!!」

「ほんまや!!」

「フウゴ、ライカ……久しぶり、ぅえっぷ」

ダークエルフのフウゴとライカ姉弟。久々の再会を喜びたいところだが、まだ調子悪い……頭がぐわんぐわんする。すると、若頭のグラッドさんが俺の傍に来た。

「叔父貴、さっそくで悪いんですが、蜥蜴組の組長と会談がありやす。同席をお願いしてぇんですが……」

「わ、わかりました……うっぷ、あの、水を一杯もらえます？」

フウゴとライカに水をもらって一気飲み。そこに、エンジュがニコニコしながらやってきた。

「村長。うち、おばあちゃんとこに顔出してくるわ!!」

「あ、オレも行くで!!」

「あたしもや!!」

エンジュ、フウゴ、ライカは走っていってしまった……久しぶりの帰省だし好きにさせるか。ルミナは……

「あたいはのんびりする。帰る頃になったら呼んで」

「お、おう……」

そう言って、里の中に消えた……自由すぎる。

結局、バルギルドさんとアーモさんが残り、蜥蜴組の組長さんと話をすることになった。

場所は、ダークエルフの里にある立派な木造りの建物。この辺りは蜥蜴組のシマ？　とかいう地域なので、この辺りの集落には蜥蜴組の事務所があるらしい。

建物の前には、緑色の鱗をしたリザード族がいた。ちなみにサラマンダー族のみんなは、村の入口で装備の点検をしている。

ここに来たのは俺とバルギルドさん夫婦、グラッドさんだ。

建物の前にいたリザード族の男性が、グラッドさんに手を差し出す。

「久しいな兄弟。それと、面目ねぇ……」

「気にするな。それより、組長と話がしてぇ」

「ああ。親父は中にいる」

何度も思うが、この人たちだけ住む世界違くないか？

「叔父貴、紹介します。こいつはオレの兄弟にして蜥蜴組の若頭、ダイナーです」

「ダイナーっス。アシュト村長の噂は聞いてます。巨大な生物を召喚してドラゴンを食い殺したとか、数千のワイバーンの群れを一人で食い尽くしたとか」

なんだその噂。まぁ、気にしたら負けだ。

「では、親父の元へ案内しやす……どうぞ」

ダイナーさんがドアを開けて中へ。室内は広く、床の上に魔獣の毛皮を敷き、その上に魔獣の骨を組んだ椅子が置いてあり、そこに一人のリザード族が、煙管（キセル）をプカプカふかしていた。

「……ほう」

バルギルドさんが感心したような声を漏らし、アーモさんに小突かれる。

俺もわかった。この人……とんでもなく強い。オーラというか、雰囲気というか。

とりあえず座る。

「親父。オレの兄弟が力を貸してくれる……これで兵隊は集まった。バシリスクの青トカゲどもをぶっ潰せるぜ」

「よぉ、ダイナー……」

「へい、親父」

ダイナーさんはハキハキした声で頭を下げた。そして……

「こんの大馬鹿野郎がッ!!　客人の紹介もしねぇ野郎がどこにいるっ!!」

と、めっちゃ怒鳴られました。ダイナーさんと俺はビクッと身体を震わせ、さらに深く頭を下げてしまう。そうだよね、客人の紹介もしないで兵隊だのなんだの言われちゃ、怒るよね。

「ももも、申し訳ありやせん!!　こちらはオレの兄弟グラッド、グラッドの叔父貴であるアシュトの兄貴、そしてその護衛です!!」

「アシュト……？　もしかしておめぇ、ヴォルカヌス様の兄弟か……？」

「ははは、はいっ!!　そそ、そうでっす。ごめんなさい!!」

「ほぉ……」

組長さんは俺を値踏みするように見た。

全身傷だらけの身体はバルギルドさんに匹敵するほど大きく、片目は完全に抉れていた。煙管をふかし、どっかりと座る姿はどこぞの国の王様みたいに見える。

はっきり言って……めっちゃ怖い。

「そう固くならんでいい。ヴォルカヌス様はワシがガキの頃からの知り合いでな……まぁ、育ての親みてぇなもんよ。そうか、兄弟か……くくく、いいねぇ」

「は、はい」

「それと、そこのサラマンダー……グラッドと言ったな？」

「へい」

「この度は、蜥蜴組に対する援助、感謝する……借りができたな」

「いいえ。オレは兄弟の危機に力を貸すだけです。借りだなんて言わんでください」

「ふ……ありがとよ」

煙管をふかす組長はなんかカッコよかった。

さて、話も進みこれまでの状況を共有される。

最近、この辺りにバシリスク族が現れるようになり、リザード族と小競り合いがよく起きるとか。

リザード族は自分の縄張りを持つ。これは暗黙の了解で、この縄張りを他のリザード族が侵すということは、喧嘩を売られているとの解釈らしい。つまり、バシリスク族はこの辺りの土地を狙っているということだ。

売られた喧嘩は買う。それがリザード族のルール。つまり……戦争ってことだ。

「情報では、バシリスク族も兵隊を集めているそうで……どうやら、ここを狙うのに本腰を入れてきたと考えていいでしょう」

ダイナーさんがそう言うと、グラッドさんが言った。

「相手の戦力は？」

「ああ。兵隊はおよそ二百、そしてフロストバイソンが二十頭ほど確認されている。それと……」

「……む？」

ダイナーさんはバルギルドさんを見た。

「どうやら、バシリスク族の兵隊にデーモンオーガがいるようだ」

おいおい嘘だろ……デーモンオーガって、ヤバいじゃん。

バルギルドさんクラスの怪物があっちに……こりゃ、俺の護衛とかやってる場合じゃないぞ。

俺はバルギルドさんに言った。

「バルギルドさん、あの……よかったらこちらの方々のお手伝いを……なんて」

「………………いいのか？」

「え、ええ。ダイナーさんたちがよければ」

「もちろん、戦力になってくれるのならありがたい。それとアシュトの兄貴」

「はい？」

「兄貴も、この戦いに参戦してほしい」

「え」

冗談だろ？　つーか、さっきも思ったけど俺っていつの間に兄貴になったんだ？

ポカンとしていると、ダイナーさんがグラッドさんに言う。

「ドラゴンを食い殺した兄貴がいれば最強だ。バシリスク族など恐れるに足りん!!」

「確かにな……叔父貴、力を貸していただけないでしょうか？」

「え」

「ちょっと待ちなよ。村長は薬師として付いてきたんだ。戦いに参加させるなんて危険すぎるってば!!」

と、アーモさんが抗議……いい人だ。

「だがアーモ、村長の力は知っているだろう？　覇王龍（ケーニッヒ・ドラゴン）と呼ばれたドラゴンを真正面から打ち破った力……オレも見てみたい」

「バルギルド……まぁそうだけど」

「え」

いやいやアーモさん、揺れないでくださいよ!?

俺は断固抗議する。

「いやいや、俺なんて大したことないですよ!?　ってか俺は人間ですし、サラマンダーやデーモンオーガの戦争なんて参加する価値もないちっぽけな存在で――」

「いいだろう……ワシも前線に出よう」

「……え？」

組長が煙管をふかしながらそんなことを言いだした。

「お、親父!?」

慌てた様子のダイナーさんに、組長がさらに言う。

「アシュトの兄弟が出るっつーなら話は別だ……ワシも暴れさせてもらうぜ」

「え」

「親父、でも」

「黙れよダイナー。おめぇに戦いを教えたのは誰だ？」

「……お、親父です」

「そういうこった。久しぶりに暴れてやる」

「あ、あの」

「わかりました……親父」

あの、俺が参加する流れになってません？　俺、薬師ですよー？

すると、入口のドアが開き、若いリザード族の青年が入ってきた。

「頭!!　親父!!　そ、外に青トカゲどもが!!」

「ツチ、挨拶に来やがったか……おい、誰も手ぇ出すんじゃねぇぞ!!　オレが相手をする!!」

「付き合うぜ、ダイナーの兄弟」

「ありがとよ、グラッド」

いやいや、なにこれ……マジで俺、場違いなんですけど⁉

流されるまま外に出ると、いた。青い鱗のリザード族……バシリスク族だ。

吊るしてある魔獣の内臓を入れた壺を蹴り壊し、干してあった魔獣肉を許可なしにモグモグと食べたり、文句を言おうとするダークエルフを睨んで黙らせたりと、ダークエルフの里でやりたい放題だった。これには村を守るリザード族もキレている。

ダイナーさんが前に出た。

「おうおう、青トカゲども……誰に断ってこの里に入ったんだ、あぁん⁉」

こ、怖い……ダイナーさん、いい人っぽいのにめっちゃキレてます。

対するバシリスク族のリーダーっぽい奴が前に出た。

「よぉよぉ、蜥蜴組の若頭さんよぉ～……いい加減、うちらの下に付いてくんねぇか？　わざわざこうして話し合いに来てるんだからよぉ～？」

「あぁん？　うすら青いトカゲの下に付けってかぁ？　なんの冗談だか知らねぇが、オレらのシマを荒らしてタダで帰れっと思ってのかぁ？　あぁん⁉」

「優しく言ってやってるんだがよぉ……いいか雑魚（ざこ）トカゲども。ただのリザード族が上位種であるバシリスク族に勝てっと思ってんのか？　こっちはテメェら滅ぼしてやってもいいんだぜぇ？」

うわぁ……めっちゃガン飛ばしまくってる。

ダイナーさんと相手の距離は一メートルもない。睨みまくってるよ……

バシリスク族は約十五人、こっちはリザード族が二十人くらいいるけど……どうすればいいんだろう。俺は何か言った方がいいのかな。

「やめとけ、兄弟。ここでやると里に被害が出ちまう」

ダイナーさんとバジリスク族のリーダーのっぽい人の間に、グラッドさんが割って入った。

「あぁん？　……って、おいおい。赤トカゲじゃねぇか」

「おう。青トカゲ……オレの兄弟に手ぇ出すっつーことは、死ぬっつーことだ。覚悟はできてんだろうなぁ？」

「ふん、雑魚トカゲ……まさか赤トカゲを呼ぶとはなぁ。この腰抜け野郎、自分たちだけじゃ勝てねぇって証明したようなもんじゃねぇか!!」

「口だけは達者だな。テメェの組が滅びてもそんなこと言えんのか？　なぁグラッドの兄弟」

「そうだな。なんなら、テメェら青トカゲの皮剥(は)いで、叔父貴の防寒具にしてやるよ」

あの、グラッドさん。間接的でも俺の名前を出さないでほしいです。はい。

すると、周囲からサラマンダーたちがゾロゾロ出てきた。手には棍棒やら斧やら握ってる……緑龍の村では建築関係の仕事しかしてなかったけど、こっちが本業っぽい。

だが、バシリスク族のリーダーの顔色は変わらない。

「まぁ、こっちもいろいろ準備してんだ。やり合うっつーなら話は別だぜ。なぁ、兄貴よぉ!!」

すると、バシリスク族の間から一人の若い男性……うそ、デーモンオーガじゃん。

後ろに反り返ったツノ、薄黒い肌をした、二十代前半ほどの青年だ。バルギルドさんよりは若く、キリンジくんより年上っぽい。

こいつがバシリスク族のデーモンオーガか。意外と若いな。

「兄貴、どうやら兄貴の出番がありそうですぜ。こいつら、赤トカゲを味方に付けやがった」

「へぇ～……まぁ、少しは楽しめそうじゃん。オレも雑魚の相手ばかりで退屈してたからさぁ……ん？」

青年デーモンオーガの視線が俺……じゃないな。俺の隣にいたアーモさんへ向いた。

青年デーモンオーガはピュウと口笛を吹き、スタスタと無警戒にこっちへ来た。いやいや待て待て、バルギルドさん……は、いない。あれ？ もしかして何も言わずトイレに行ってませんか!?

青年デーモンオーガは俺を無視。アーモさんを見て目を輝かせた。

「わぁお、すっげぇ……まさか同族に会うなんて!! オレ、ブライジングっていうんだ。家族はブランって呼んでる。へへへ……なぁあんた、よかったらオレと遊ばない？ サイッコーに楽しませてやるぜ!!」

おいおい、ナンパかよ。

ブライジングとかいうデーモンオーガは、アーモさんの顔、身体、足をじっくり眺めて胸を見て、また顔へ。やばいこいつ。アーモさんは見た目二十代後半だけど、二人の子持ちだぞ……アーモさんも、めっちゃ冷めた目で見てるし。

「悪いね。あと二十年後に出直してきな」

「はぁ？　……おいおい、オレってばめっちゃ強いぜ？　親父には敵わないけど、今までどんな種族と喧嘩しても負けなかったし、傷一つ負ってねぇ。どうよ？　オレと結婚しないか？」

「ん～……じゃあ、今日が初めての怪我記念日だね」

「は？」

次の瞬間、アーモさんの背後から丸太のような手が伸びて、ブライジングの顔面をがっしりと握りしめた。

「遅い、バルギルド」

「す、すまんアーモ……で、こいつは？」

「あたしを口説いたおぼっちゃん。ふふ、けっこう情熱的なボウヤかも♪」

「…………ほう」

ミジミジメギメギビギギギィィィイイッ!!　と、骨が軋む音が聞こえた。

「うっぎぁぁぁぁぁっ!?　おれ、おれ折れるぅぅっ!?　はは、離せぇぇっ!!」

バルギルドさんはあっさりと手を離すと、今度はブライジングの首を掴んだ。

「オレの妻に用事があるならオレを通せ。次に妙な真似をしたら……食うぞ」

「っひ」

ギョロン!!　とバルギルドさんはブライジングを睨んだ。それだけで、ブライジングの腰が抜け、その場にへたり込んでしまった……言うまでもないが、ブライジングはバルギルドさんの遥か格下のようだ。

「あ、兄貴っ!?　ブライジングの兄貴!?」

「ひ、退くぞ。くっそ、デーモンオーガがいるなんて聞いてねぇぞ!!　こうなりゃ戦争だ!!　おい、親父にも声をかけておけ!!　引くぞ!!」

ありゃりゃ。バシリスク族が撤退した。

うーん。バシリスク族を退けたはいいが、戦争が回避できなくなってしまった。

このシマ……ええと、つまりダークエルフの里を巡って、蜥蜴組とバシリスク族の『青山椒組』の抗争が始まることが確定的になったようだ。

とりあえず、今後の対策を練るため蜥蜴組の事務所に。今度はダークエルフの里長であるアラシさんも同席した。

「抗争が始まるのか……」

と、アラシさんが言う。

「どの道、売られた喧嘩は買う。青山椒組がこの辺りのシマを全て狙っていることはわかっていた。抗争は避けられんかったろうよ」

と、蜥蜴組の組長が煙管をふかす。

「……すまん」

「バルギルド、あんたが謝る必要ないわ。もしあそこで手を出さなかったら離婚よ。それに、あんたが手を出さなくてもあたしが蹴り飛ばしてたわ」

アーモさん怖い……バルギルドさんが小さくなっちゃった。

「兄弟。オレたちの準備は整ってる……喧嘩を始めるならさっさとしな」

「おうよ。グラッド……ちと派手になる、覚悟しとけ」

「ふん、楽しみだ」

ダイナーさんもグラッドさんもやる気満々じゃん……俺も薬の準備しておこう。

そして、組長がいきなり煙管をへし折った。

「ダイナー、青山椒組に書状を送れ……シマを賭けて戦争じゃ!!」

「うっス!!」

「叔父貴、よろしく頼んます!!」

「え？　あ、はい」

「ふん。あちらのデーモンオーガに喧嘩を売ったのはオレだ……オレもやろう」

「バルギルド、あんた楽しみたいだけでしょ？」

「ふ……」

な、なんか久しぶりにガチな戦いになりそう……怖くなってきた!!


さて、ダークエルフの里ではリザード族・サラマンダー族の連合軍、バシリスク族の青山椒組との抗争準備が始まった。

武器の手入れをして、肉を食って力を付け、酒を飲んで鋭気を養い、各々が闘志を高めていく。

俺はボケーッと里の様子を眺めていた。

ちなみに、ダークエルフたちは村の防衛だけを任されている。抗争は里の外で行うらしい。組長曰く『カタギに手を出すのは御法度じゃ。さすがのバシリスク族もその辺はわきまえてるじゃろう』とか……よくわからん。

まぁ、ダークエルフたちに危害は加えられないとのことで安心だ。

里長のアラシさんの家の前で座っていると、フウゴとライカとエンジュが来た。

「おーいアシュト!!」

「あほ!! 村長やろ!!」

「いっだ!?」

フウゴが俺の名を呼び、ライカにぶっ叩かれた。俺は立ち上がり、ライカに言う。

「まぁまぁ、アシュトでいいよ。そっちのが俺も嬉しい」

「ほんま？ じゃあうちもアシュトって呼ぶわ」

「姉ちゃん、ならなんでオレを叩いたんや!?」

「まーまー、フウゴもライカも落ち着きや。村長、抗争が始まるんやな？」

エンジュは落ち着いているが、なんか気色悪い魔獣の目玉を持っているのがどうしても気になる……ってか、なんでそんなもん持ってるんだよ。

まぁいい。それより、伝えておかないと。

「エンジュ、怪我人がいっぱい出ると思う。治療の手伝いをしてくれ」

「わかっとるよ。おばあちゃんも張り切ってたで？ 数百年ぶりの抗争だーとか」

「頼もしい……よし、俺も頑張ろう」

「アシュト、オレも手伝うで!!」

「うちもや!!」

「ああ。フウゴとライカも頼りにしてる」

俺とエンジュは薬師だ。死なない限りはどんな怪我だって治療してやる。

抗争がなんだ……絶対に死人なんか出さないからな。


組長に呼ばれたので、再び蜥蜴組の事務所へ。

「青山椒組に果たし状を送った。あとは……奴らをブチのめすだけだ」

煙管を吹かしながら組長が言う。やっぱ怖い。

ダイナーさんは俺たちに確認した。

「敵はバシリスク族とフロストバイソン、そしてあの若いデーモンオーガ……あの若いのの口ぶりから、まだ何人かデーモンオーガはいるみたいだな」

そういえば、親父とか言ってたな。

俺はバルギルドさんをチラッと見ると、バルギルドさんは何も言わず腕を組んでいた。一応、この抗争はリザード族のものだ。部外者が口を出すわけにはいかないんだろう。

グラッドさんが熱い息を吐く。

「青トカゲはいいとして、デーモンオーガとフロストバイソンはちと厄介だな……」

「兄弟。それでもやるしかねぇ。もう芋は引けねえんだ」

「ふん、そりゃそうだが……」

グラッドさんとダイナーさんが喋っていると――

「みゃう。それだけじゃないよ」

と、ルミナが天井からポトッと落ちてきた。

いつの間にか部屋に侵入し、梁でくつろいでいたようだ。これにはさすがにみんな驚いていた。

まさかバルギルドさんですら気付かないとは……

ルミナは俺の隣に座り、甘えるように身体を擦りつけ、俺の太股を枕にして転がる。

「みゃう。撫でろ」

「はいはい。って、お前どこに行ってたんだ？」

「んー、あの青いトカゲと黒いツノ男のあとを追ってた」

これには、全員が驚愕した。

まさかルミナ、バシリスク族の拠点に行ってたのか。どうりで里で見かけないと思ってた……のんびりするんじゃなかったのかよ。

「おい嬢ちゃん、さっきの言葉……どういうことだ？」

組長がルミナを睨むが、ルミナはまったく気にしない。こいつ、シルメリアさんにはビビるのに、蜥蜴組の組長にはまったくビビっていない。

「あの青いトカゲ、大きい毛むくじゃらの白いウシと、大きな青い鱗のドラゴンをいっぱい飼ってた。青いトカゲが言ってた。『アイスドラゴンを手懐けた』って」

「「「「!!」」」」

「る、ルミナ。それって本当か？」

「みゃあ……あたいが嘘つくわけないだろ……もっとネコミミの裏、カリカリしろ」

「あ、ああ」

ネコミミをカリカリすると、ルミナはとろ～んとする。可愛いけど、今の情報はマジなのか？

「……ッチ、ドラゴンか。厄介だな」

「親父、今の話……信じるんですかい？」

「ああ。そこの猫の隠密技術は大したモンだ。それに、今日来たばかりの猫にオレらをハメる理由はねぇ……ドラゴンの存在はヤベぇな」

「いや、待ってください組長……オレに名案が」

グラッドさんが挙手した。

心なしかバルギルドさんがウズウズしてる。おいおい、まさかバルギルドさんに任せるとか……うん、そっちのが確実だな。俺の護衛はアーモさんだけになるけど、コレは仕方ない。

ネコミミをカリカリして落ち着こう。

「アシュトの叔父貴なら、ドラゴンをなんとかしてくれるでしょう」

ネコミミ、ネコミミ…………はい？

「叔父貴。ドラゴンをお任せします」

「え」

「兄弟。叔父貴の噂を聞いたことはあるんだよな?」

「『龍殺し』……アシュトの兄貴にドラゴンの相手をしてもらうってか」

「あ、あの」

「親父、兄弟の意見をどう思います?」

「ふ、いいだろう。ダイナー、子分どもに伝えとけ。アシュトの兄弟がドラゴンの相手をするってな」

「へい!!」

「ちょ」

「それと、そこのデーモンオーガ……テメェも喧嘩売ったなら最後まで付き合えや。まさか、アシュトの陰に隠れてコソコソするつもりじゃねぇだろうなぁ?」

「舐めるなよ……最初からそのつもりだ」

「あの」

「ふふ、うちの旦那が参戦するならあたしも出ないとね」

「そうだな……アーモ、お前も付き合え」

「当然」

「え、えっと」

「ようし……準備ができたら出発するぞ。抗争はもう始まっとる。気合い入れてけよ!!」

「「オウッ!!」」

「ふん……アーモに手を出した報(むく)い、受けてもらおうか」

「あたしも、魔獣以外で暴れるの久しぶりねぇ」

こんな言い方はしたくない。したくないけど……こいつら、マジで脳筋しかいねぇ!!

ダークエルフの里から離れた場所に、開けた場所があった。

元々、この辺りの森は深く、木々が高いのでなかなか日が差さない。でも、この辺りは木々が伐採されているので明るく、深い森の中でここだけ光が差している……明るくて気持ちいい。

「いいかオメーら、奴らをぶっ潰せェェェッ!!」

「「「「ウォォォォッ!!」」」」

「青トカゲどもをブッ殺せ!!　いいか、リザード族の恐ろしさを刻みつけてやれ!!」

「「「「ウッシャアアアアッ!!」」」」

「サラマンダー族!!　オメーら、青トカゲどもを焼き尽くせ、灰にしろぉぉっ!!」

「「「「焼き尽くせ!!　焼き尽くせ!!　焼き尽くせ!!」」」」

えー、ここはとんでもない熱気です。マジで火傷しそう。

サラマンダー族、リザード族の連合軍が集まり、横一列に並んでいた。反対側には、青トカゲことバシリスク族が同じように並んでいる。しかも、向こうも負けず劣らずすごい熱気で叫んでいる。

　これがリザード族の抗争。小細工などない。全軍を率いて正面から戦う。第二陣とか隠し球とか隠し兵器とか、そんなものは一切ない。出し惜しみなどしない、最初から全てをぶつけ合う戦いだ。

　現に、バシリスク族は全ての戦力を出している。

「どどどどど、どど、どらごん……マジかよ」

　俺は、少し離れた場所で驚いていた。

　真っ青な鱗を持つ巨大な生物が、十四ほど並んでいたのだ。

　大きさは龍に変身したローレライやクララベルや、龍騎士たちの乗るドラゴンよりも大きい。翼は小さく、腕や足が太いドラゴンだ。どちらかと言えばトカゲに近いフォルム。

　俺の隣にいるバルギルドさんとアーモさんは、ドラゴンなんてまるで気にしていなかった。

「アーモ」

「わかってる。大丈夫？」

「ふっ……ディアムドにいい土産話ができた。アレはいいぞ」

「もうっ……いい、無茶はダメよ？」

「わかっている。お前こそ平気か？」

「ええ。久しぶりに血湧き肉躍るわね」

「お前も人のことを言えんな」

　何言ってんだこの夫婦……と思ったが、視線の先にいたのは、三人のデーモンオーガだった。

一人は髭もじゃでバルギルドさんよりも大きく、もう一人は女性で長い髪をポニーテールにしている。最後の一人は……あいつ、ブライジングだ。

三人とも、後方にツノが伸びている。デーモンオーガのツノの伸び方は個人個人で違うらしい。

「ふ……どうやら、喧嘩を売られているようだ」

「そうね……」

二人の言う通り、髭もじゃデーモンオーガはバルギルドさんを睨み、女性デーモンオーガはアーモさんに向けて人差し指をクイクイさせ、舌を出して挑発している。やばい……バルギルドさんは冷静だけど、アーモさんの額に青筋が浮かんでます。

「あ、あの、二人とも大丈夫なんですか?」

「オレたちの心配はいい。それより村長、お前はあのドラゴンを倒すのだろう?」

「は、はい。でも、その……負けないでください」

「……ふ、そうだな」

というか、俺にも仕事があるんだった。じゃなさゃ、こんな戦場にノコノコやってこない。

そう、俺の役目は、バシリスク族が従えているドラゴンをやっつけることだ。

「お、親父……」

組長とダイナーさんともう一人のリザード族、グラッドさんの四人が戦場の中心に向かい、バシリスク族からも数人前に出てきた。たぶんバシリスク族、青山椒組の組長とその取り巻きだ。

というか……互いにめっちゃ睨んでるんだけど。

「よぉ、ロガイアン。テメェの苔が生えたような薄汚ぇ緑のツラ、見に来てやったぜ」

「そうかいブロッゾ……おめぇのドブ水みてぇな青っちろい顔も久しぶりに見たぜ。昔、オレに付けられた傷はもういいのかい？」

「ああすっかり元気だぜぇ？　オレの腹ん中には、お守り代わりにテメェの目玉がまだコロコロ転がってるからよ。テメェが寒さでブルってる時もなぁ」

「そうかそうか。じゃあ、テメェをぶっ殺して腹かっさばけばいいってことか」

「…………」

「…………」

「「やんのか、コラ……!!」」

く、組長……ロガイアンっていうのか。相手の組長ことバシリスク族のブロッゾと、キスしそうなくらい近い距離で睨み合ってる。どうやら因縁がありそうな仲みたいだ。

そして、その時は来た。

「オレらが勝てばこのシマはバシリスク族のモンだ」

「ぬかせ。オレらが勝てばこの辺りに手ぇ出すのは金輪際やめろ」

「いいぜ。蜥蜴の掟は絶対だ」

「ふん。当然」

蜥蜴の掟。それは、リザード系の種族にとって破ることができない誓い。

どんなにいがみ合っても、ルールは絶対に守る。

まず、カタギ……ええと、一般人には手を上げない。リザード系種族には喧嘩を売ったり買ったりするが、それ以外の種族には自ら喧嘩を売らない。

リザード系種族にとってシマ……あー、自分たちの土地は守るべきもの。シマに住む他の種族は守るべき対象である。守る対価として、シノギ……ええと、報酬をもらっている。

つーか、説明は聞いたけどリザード族の言葉が専門的でよくわからん。とにかく、リザード系の種族は、同族にしか喧嘩を売らないんだ。そういや、ダークエルフの里でも、嫌がらせこそすれど住人たちに直接手は出さなかったよな。

組長たちが陣営に戻り、雄叫(おたけ)びを上げる。

「野郎どもォオオッ!!　蜥蜴組の恐ろしさを見せてやれぇぇぇッ!!　喧嘩じゃぁぁぁぁぁぁっ!!」

「「「「うぉぉぉぉぉーーーーーっ!!」」」」

ついに、始まった。

武器を構え、リザード族とサラマンダー族、そしてバシリスク族が真正面からぶつかる。

武器は主に棍棒(こんぼう)やハンマーと、鈍器系が多い。リザード系種族の皮膚は硬いから、斬る、突くよりは衝撃を与える方が効くらしい。

「では行くか」

「お先っ!!」

バルギルドさんは首をゴキゴキ鳴らしてズンズン歩き、アーモさんはその場で跳躍。

「シャアアアッ!!」

「ハァァァァッ!!」

同じように飛び出した相手のデーモンオーガ女性と、空中で蹴り技を繰り出していた。

そして、俺はようやく気が付いた。

「あれ…………俺、一人じゃん」

俺を守る人は、誰もいなかった。

「やや、ヤバい……か、壁、壁!!」

俺は植物魔法の魔法書、『緑龍の知識書(ムルシエラゴ・グリモワール)』を開く。

＊＊

『植物魔術・防御』
○護法樹林(ログハウス)
ヤバいヤバい、壁、壁!!

そんな時はこの呪文。使うと硬〜い樹が守ってくれるよ♪

＊＊

「なんか引っかかるけどこれだ!! 護法障壁(ごほうしょうへき)、守護の樹木よここに、『護法樹林(ログハウス)』!!」

呪文を詠唱すると、俺の足下から丸太が生え……って、おいこれ、ただの丸太小屋じゃん。

丸太小屋は小さな窓が一つで出入口がない。魔術を解除しなきゃ出れないのか。

ま、まぁいい。シエラ様の知識書(グリモワール)を信じよう。

「あとは……ん？　おいおい、ヤバいか……？」

バシリスク族の青いドラゴンが動きだした。

冷たいブレスを吐いたり、巨大な尻尾でリザード族を薙(な)ぎ払っている。

そして、俺は見た。

たくさんの怪我人が出ている。サラマンダー族、リザード族が、ドラゴンに苦戦している。

「……………」

俺は無言で『緑龍の知識書(ムルシエラゴ・グリモワール)』を開いた。

＊＊＊＊＊＊＊＊＊＊＊＊＊＊＊＊＊＊＊＊＊＊＊

『植物魔術・禁忌(きんき)』
○樹龍(じゅりゅう)ウェルトゥムヌス
この子、かなり強いから、あんまり喚(よ)んじゃダメね♪

＊＊＊＊＊＊＊＊＊＊＊＊＊＊＊＊＊＊＊＊＊＊＊

「大いなる樹木を司る龍にして樹木、無限の命を持ちし樹の化身、黄昏(たそがれ)より来たりし神話七龍、緑龍ムルシエラゴの名の下に顕現(けんげん)せよ。『樹龍ウェルトゥムヌス』!!」

緑龍の杖から魔力が溢れた。魔力がヤバいくらい出ていく。やばい、少し頭に血が上ってた。

傷付くみんなを見て、「この野郎……」って思ってしまった。

森が、木が集まっていく。丸太小屋も消えてしまった。

神樹イルミンスールやユグドラシルよりも巨大で長い、八つ首の龍だ。身体は樹でできている。

ゴリラのような身体に八枚の翼、そして八つの長い首。

やばい、やりすぎた。

『『『『『『ブオ゛オ゛オ゛ォォォォォォォォンンンン!!』』』』』』

八つの頭が、それぞれ咆吼を上げた。森が、大地が、空気が振動する。

敵味方関係なく戦いが止まってしまった。

全員、唖然として樹龍ウェルトゥムヌスを見ている。

「あ、あはは……」

そして、全員の視線が……頬をひくつかせる俺に集中した。

バルギルドは、髭もじゃのデーモンオーガと対峙した。
相手は自分よりやや大きい。威圧感もあり、ディアムドがいれば喜びそうな相手だ。
格上か、同格か……バルギルドは首をコキッと鳴らす。
「ブライジングが世話になったようだ」

「ああ。あの若者か……オレの妻を口説いたんでな、仕置きしておいた」

「そうか。まったく、あの馬鹿者は……」

髭もじゃデーモンオーガは、組んでいた腕を解く。

「悪いが、バシリスク族には恩義がある。馬鹿息子の件では謝罪するが、戦争となれば話は別だ……覚悟はいいか？」

「くくく、久しぶりに興奮している。野暮(やぼ)なことは言いっこなしだ……闘(たたか)おう、デーモンオーガの誇りをかけて」

「いいだろう」

髭もじゃデーモンオーガは、背負っていた巨大槌(きょだいづち)を手に取り、なぜか投げ捨てた。

同様に、バルギルドも背負っていた大斧を投げ捨てる。すると、それを見たブライジングが慌てて駆けよってきた。

「ちょ、親父ぃ!!　なんで武器を捨てんるんだよ？　そりゃデーモンオーガに刃は通じないだろうけどハンマーでぶん殴りゃ多少はぶっぎゅべぇっがっぱっ!?」

言い切る前に、髭もじゃデーモンオーガはブライジングをぶん殴った。

ブライジングは吹っ飛び、近くに樹に激突する。

「馬鹿息子が水を差してすまん」

「いや、若いな……鍛えがいがありそうだ」

バルギルドは指をゴキゴキさせ、髭もじゃデーモンオーガは構えを取る。

「ザオウガ、それがワシの名前だ」

「バルギルドだ……」

もう、言葉は必要なかった。

◇◇◇◇◇

「おぉぉおっしゃぁぁぁぁぁあっ!!」

「ドラララァッ!!」

ダイナーとグラッドは、バシリスク族と殴り合っていた。

バシリスク族は冷気のブレスを吐くことができる。それでリザード族の動きを鈍らせ、ハンマーや拳で殴打する戦法を執っていたが、リザード族とサラマンダー族は常に複数グループでともに戦うという戦法を取っている。これなら、サラマンダー族の熱で凍る心配もない。

「楽しいな、兄弟ィィイイイッ!!」

「おうよ!!」

ダイナーとグラッドはバシリスク族を殴り、突進してくるフロストバイソンを二人がかりで受け止める。

「ぬっぐぐ……はっはぁ!!」

「オォォォォォォオオッ!!」

ブオッと、グラッドの身体が燃えた。比喩ではなく本当に燃え上がり、フロストバイソンに火を付けて燃やしたのだ。

これにはフロストバイソンも必死に抵抗するが、あっという間に美味しそうな水牛の丸焼きになってしまった。

「やるじゃねぇか、グラッドの兄弟」

「は、オレの炎はこんなもんじゃないぜ？」

バシリスク族の抵抗も激しく、戦いはさらに過熱する。

そして、ズシンズシンと巨大なドラゴンが迫ってきた。緑龍の村にいるドラゴンより大きく、敵意しか感じられない。

龍騎士たちのドラゴンを世話しているサラマンダー族はすぐにわかった。これが野生のドラゴン、恐るべき存在だということを。

グラッドは叫ぶ。

「全員、ドラゴンに手を出すなー‼　ドラゴンはアシュトの叔父貴に任せて、フロストバイソンと青トカゲを狙えぇぇぇっ‼」

抗争の熱は、ますます過激化していく。

ふと、戦場の一角に視線を巡らせるダイナー。そこには、蜥蜴組の組長と、青山椒組の組長が、武器を捨てたステゴロを繰り広げていた。

「どおらっ‼」

「ごっはっ!?……やるじゃねぇかッ!!」

「がっは……ッ!?」

互いに、防御を一切しない殴り合いだ。

避けたり、逃げたりするのは『漢(おとこ)』じゃない。互いの全てを受け、そして屈服させる。それが蜥蜴組の組長として、青山椒組の組長としての戦いだった。

「親父……負けんでください!!」

ダイナーは歯を食いしばり、親の戦いから目を離す。

やるべきことは、バシリスク族を倒すこと。このシマを守ること——

『『『『『『ブオ゛オ゛オ゛ォォォォォォンンッッ!!』』』』』』

そんな、恐ろしい叫び声が響いた。

大地が揺れ、巨大な何かがせり上がってくる。八つの頭を持ち、長い首、巨大な身体……戦場を見下ろすように、得体の知れない怪物が現れた。

そして、その真下には。

「あ、あはは……」

サラマンダー族の叔父貴分、アシュトが……曖昧(あいまい)に笑っていた。

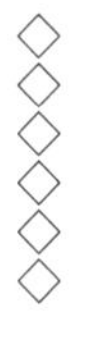

やばいやばいやばい。とんでもない怪物を生み出してしまった。

わかる、魔力がガンガン吸い取られていくのが。並の魔術師だったら数秒で魔力が枯渇するレベルだ。

『『『『『ガァァ～～～～バックン』』』』』

八つの頭は長い首をさらに伸ばし、ドラゴンを一斉にパクッと食べてしまった。

この場の誰も動けなかった。それくらい、この『樹龍ウェルトゥムヌス』は圧倒的でヤバいレベルの怪物だった……フロストバイソンやドラゴンが豆粒みたいだ。

「え、ええと……ど、ドラゴンは食べちゃったよね」

『『『『『ガフ』』』』』

八つの頭は同時に頷く。あれ、もしかして話がわかる？

俺がバシリスク族の陣地を見ると、バシリスク族たちの身体がビクッと跳ねた。

あ、これ……無双できるかも。

俺はウェルトゥムヌスにお願いしてみた。

「あの、バシリスク族をやっつけ……えっと、軽ーく小突ける？」

『『『『『ブオ゛オ゛オ゛ォォォォォォォンンンッッ!!』』』』』

「まま、待った待った!!　軽くね、軽く!!」

ウェルトゥムヌスは八つの口をパカッと開けると、ドラゴンを丸呑みした口から巨大な果実を発射した。

リンゴみたいな果実はバシリスク族の陣地を直撃。や、やばい……バシリスク族が半分以上吹っ飛んでしまった。

「え、ええと……その、もういいです。ありがとう」

『『『『『『グルゥウ……』』』』』』

樹龍ウェルトゥムヌは、地面に還るように大地に吸収された。

戦場に、未だ動きなし。バシリスク族の陣地には、巨大な果実が八つほど転がり、相手は半数以上が吹っ飛ばされてしまった。

これ、どうなるんだろう。俺がひっかきまわしただけのような気がする。

「と、と、突撃ィィィィッ!!」

「「「「オォォォォォォ!!」」」」

ダイナーさんが我に返って叫ぶと、リザード族たちは半数以下になったバシリスク族を一気に倒していく。

俺の出番は終わり。というか、最悪な目立ち方をしてしまった。

こうして、蜥蜴組と青山椒組の戦いは、蜥蜴組の勝利で幕を閉じた。

「……約束だ。金輪際、このシマには手を出さねぇ」

戦争が終わり、ボロボロになった青山椒組の組長が言った。

蜥蜴組の組長も同様にボロボロ……というか、俺以外の全員が怪我をしていた。ダークエルフの里では治療の準備が整っているはず。

俺は青山椒組の組長に声をかける。

「あの、怪我を――」

「やめろ」

「……っ」

蜥蜴組の組長が俺の肩を掴んだ。かなりの力に俺の声と動きが止まる。

「退くぞテメェら!! 動けねぇなんて弱音吐く野郎はオレの組にはいねぇはずだ!! 帰って酒飲んで寝るぞ!!」

そう言って、青山椒組の組長は去っていった。

そして、俺は自分が言おうとしたことが、青山椒組を侮辱しかねない軽率な発言だったと知り、深く反省する。

蜥蜴組の組長は動ける者に指示を出し、ダークエルフの里へ引き揚げさせた。

バルギルドさんとアーモさんも怪我をしていた。

「二人とも、大丈夫ですか!?」

「ああ。問題ない……っつ、こんなに血を流したのは久しぶりだ」

「あたしも……ったく、あの女、かなりヤバかったわ」

ちなみに、アーモさんが戦ったのはブライジングの姉らしい。引き分けで終わったことを悔しがっていた。

すると、髭もじゃデーモンオーガ一家がこちらにやってきた。

俺は身構えるが、バルギルドさんが手で制止する。髭もじゃデーモンオーガ一家もけっこうな怪我をしていた。たぶん、俺が治療するって言っても無駄だろうな。

髭もじゃデーモンオーガはバルギルドさんに言った。

「久しぶりにいい喧嘩だった」

「ああ、そうだな」

シンプルな一言だが、それでわかった。たぶん、ディアムドさんの時と同じだ。互いを認め合った瞬間だろう。アーモさんも、女性デーモンオーガと握手してる。

すると、顔だけを腫らしたブライジングがバルギルドさんに言った。

「いいか、今回は退いてやる。でもな、親父は本気じゃねぇってこと忘れんな!!　本気の親父はぁあっぶげあっ⁉」

「すまん」

「いい」

ブライジングは親父にぶん殴られた。あいつ、アホなんだな。

「バルギルド、頼みがある」

「？」

「こいつを、お前に鍛えてもらいたい」

「は？　お、親父？」

「死ななければ何をさせても構わん。反発したり生意気な態度を取ったら殴れ」

「……いいのか？」

「え、俺ですか」

バルギルドさんは、許可を求めるように俺を見た。

デーモンオーガのブライジングを、村に連れ帰り鍛える……って、おいおいブライジング、俺を見て『やめろ、やだって言え!!』みたいな目で見るなよ。

「いいですよ。ディアムドさんもいるし、楽しくなりそうですね」

「はぁぁぁっ!?　ちょ、オレは行かねぇぞ!!　おい姉ちゃんもなんか言えよ!!」

「うっさいわね、あんた弱っちいんだから少しは鍛えてもらいなさい」

「いやだぁぁぁっ!!　親父、おやじぃぃぃぃぃっ!!」

「……見ての通り、少し甘やかしすぎてな」

「……厳しくいくぞ」

「任せる」

「いやだぁぁぁぁぁぁぁっ!!」

ブライジングはバルギルドさんの首根っこを掴まれ、ダークエルフの里に引きずられていった……なんか哀れなやつ。

髭もじゃデーモンオーガとブライジングの姉は、俺に一礼して去っていく。

「よし。全員撤収したし、ダークエルフの里で怪我人の治療しないと!!」

さて、ようやく俺の戦場に立つことができそうだ。


ダークエルフの里に戻った俺は、すでに怪我人の手当てを始めているエンジュと合流。重傷者の治療はエンジュがしてくれたので、軽傷者の手当てをルミナと一緒にやる。

重傷者は、ドラゴンのブレスをまともに受けたリザード族だけで、酷い凍傷にかかっていた。凍傷が酷いと切断も考えなくてはならない場合もあるが……どうやらその心配はなさそうだった。

「ルミナ、軟膏を」

「みゃう……これ?」

「うん。その壺に入っている軟膏を、凍傷部分に塗って」

「みゃあ」

ルミナも俺の助手としてよく働いている。あとでたっぷりネコミミカリカリしてあげよう。

「フウゴ、包帯や!! ライカも手伝ってやり!!」

「包帯、包帯……ね、ねえちゃん、どうやって巻くんや?」

「簡単や。こうやって……こうや!!」

「おお、やるやん姉ちゃん!!」

「ほら喋ってないでキリキリ働けや!!」

エンジュは、フウゴとライカを助手にして大忙しだ。

エンジュのおばあちゃんも老人とは思えない手捌きで怪我人の治療をしていく。おいおい、包帯を巻くスピードなんて俺の数倍は速い……手がブレて見えた。

おっと、バルギルドさんとアーモさんの手当てをしなくっちゃ。

「む……」

「む……じゃないですよ。バルギルドさん、手当てしますから。ルミナ、アーモさんの手当てを」

「みゃう」

「んー、可愛い黒猫ちゃんねぇ」

「みゃ!? さわんな!!」

「はいはい。なでなで～」

「みゃあぅ……」

アーモさんを引っ掻くがノーダメージ。アーモさんはルミナを抱きしめ、頭を撫でてネコミミを揉み、顎の下をサワサワした。こりゃ駄目だ。にゃんこのツボをしっかり心得ていらっしゃる。

俺はバルギルドさんに消毒をして、包帯を巻く。

ハイエルフの秘薬は数が少ないのであまり使えない。幸い、バルギルドさんとアーモさんは打ち身や打撲なので、ハッカ油やムィントの葉を練り込んだ薬液を塗り、その上を包帯で巻けばいい。

ルミナは仕返しとばかりに、アーモさんの打撲にたっぷり薬液を塗り込む。だけどその薬液、塗ると冷たくて気持ちいいんだよ、熱を吸収するから打撲にピッタリなんだけど……まぁいいや。

「村長」

「はい？」

「先ほどの魔法、なのだが……」

「あー……まぁ、ドラゴンをやっつける魔法って考えたら、あれが出ちゃって」

「む……さすがに驚いた」

俺が一番驚いてるよ……まぁ、俺の言うこと素直に聞いてくれたし、役目が終わったらあっさり消えた。たぶん、もう使う機会はないと……信じたいね。

「よし、終わり」

包帯を巻き終え、怪我人の手当てはあらかた終えた。

「よし、野郎ども!!　宴の準備だ!!」

……ええと、く、組長？　包帯だらけの身体なのに酒を飲むと？

さすがに止めようとしたが、ダークエルフたちがすでに宴の準備を終え、外には櫓が組まれ、大きな火がガンガンに燃えていた。

重傷者のリザードたちも立ち上がり、酒を求めて外へ。おいおい……なんだよこれ。

「よーし村長!!　久しぶりに飲むで!!」

フウゴに肩を抱かれ、俺は外へ向かった。

宴会は、ひじょ～に盛り上がりました。

勝利の宴というだけあって、リザード族もサラマンダー族もダークエルフも羽目を外している。

俺は隅っこでコソコソしながら食事し、甘えてくるルミナを撫でたりネコミミをカリカリして和んでいた。

すると、デーモンオーガのブライジングが、木のカップ片手にやってきた。

「よぉ」

「あ、どうも」

「どうもじゃねーよ。なぁお前、村長なんだろ？　オレを連れていくのを止めるように言ってくれよ!!」

「え、なんで？」

「なんでって……あんな怖いデーモンオーガの下でオレは働くことになったんだぞ!?　親父も何考えてるかわかんねぇし……確かにあのデーモンオーガは強えけど、親父のが絶対に強えはずだ!!　鍛えるならやっぱり親父のがいい!!」

「う～ん。あなた……いや、あんたにとってお父さんは絶対なんだな」

「あったりまえだ!!　親父は最強だ……オレなんかが超えられるような場所に立ってねぇ!!」

ブライジングは俺の隣に座り、カップの酒をがぶがぶ飲む。

なんとなく、こいつにはタメ口でいい気がした。

「たぶんだけど、あんたはバルギルドさんに鍛えてもらったほうがいいと思う」

「はぁ!?　つーかなんだよそれ!!　オレは親父の――」

「わかった。親父はわかったからさ。うーん……俺もあんたのことを言える立場じゃないけど、親としてはやっぱり、自分の子供には自分を乗り越えてほしいって気持ちがあるんじゃないかな？」

「？？？　……つーか、あんたあんた言うな。オレはブライジング、ブランだ」

「じゃあブラン。俺もアシュトでいいよ」

人様に言えるような立場じゃないってのは本当だ。

俺が父上を超えるなんて、考えたこともない。ビッグバロッグ王国の紅蓮将軍アイゼンを超える……そんなことができるのは、きっとリュドガ兄さんだけだ。

でも、俺は父上に俺の存在を認めてもらおうと頑張った。ブランみたいに父親を持ち上げるようなことは言わなかったし、『さすがアイゼン様のご子息』って言われるのも嫌だった。たぶん、兄さんもシェリーもそうだろう。

ブランは、父親を誇りに思っている。自分はその高みに到達することも、乗り越えることもできないと決めつけ、父を神聖化しているように見える。

ブランの父親がバルギルドさんに鍛えてもらいたいというのは、そんな性根だろう。

「ん、なんだよ」

「いや。いいこと教えてやる。うちの村には、バルギルドさんと互角に戦えるデーモンオーガがもう一人いるぞ。個人的な意見だが、俺はそっちのが怖い」

「なな、なんだとぉぉぉぉっ!?」

ディアムドさんの娘エイラちゃんはめっちゃ可愛いけどね。

ブランは俺の肩をガシッと掴み、懇願（こんがん）した。

「たた、頼む!!　マジで行きたくない……なんとかしてくれ!!」

「む、無理だって。もう決まったし……そんなに嫌ならバルギルドさんを説得しろよ」

「できると思うか？」

「ごめん、無理だな」

あ、やばい。楽しい……この遠慮のない感じ、村ではあまり体験できない。こいつはリュドガ兄さんやヒュンケル兄くらいの年代っぽいけど、同世代の悪友みたいな雰囲気だ。

「あぁぁ～……オレの明日はどっちだ」

「ははは」

「ははは、じゃねぇよ!!　ああもう、こうなりゃヤケ酒だ、付き合え!!」

「ああ。いいぞ」

宴会は、朝まで続きましたとさ……ちゃんちゃん。

翌日。あれだけ飲んだってのに、サラマンダー族もリザード族もみんな普通だった。
事後報告を終わらせ、俺たちはお役御免となる。
蜥蜴組の事務所に俺とグラッドさんが呼ばれ、改めて礼を言われた。

「感謝するぜ。おめーらがいなかったら勝てなかった」

と、組長は煙管をふかす。

「死者も出なかったし、この地も守れたし、よかったです。また何かあれば……呼んでください」

『いつでも』呼んでくださいとは言えなかった。さすがに抗争のお誘いはもう勘弁してほしい。

すると、組長はダイナーさんに命令し、事務所の棚から一本の瓶を持ってこさせた。

「持っていけ」

スライム製の瓶だろうか……透き通る液体に、その……なんか、蛇が入ってる。

蜷局（とぐろ）を巻いた蛇を瓶に入れ、水を入れたのかな？　なにこれ、薬？

「三百年物のドグマヘビの酒だ。オレの秘蔵の一本、持っていけ」

「さ、酒、なんですか？　こんな透き通った……」

「ああ。大昔、コメとかいう食いモンを使って造られた酒に、ドグマヘビを漬け込んだモンだ」

コメ、コメって言った。コメから造られた酒が、目の前に。

「ど、どうやってコメから酒を？」

「さぁな。流れの旅人が置いてったモンだが……コメを蒸していたのは覚えてる」

「蒸す……」

蒸す。なるほど……エルミナにいい土産話ができた。

俺は瓶を受け取り、ダイナーさんがくれた布に丁寧に包む。

「ありがとうございます。組長、ダイナーさん」

「ああ。世話になったな」

抗争の報酬がまさかコメの酒のヒントとは……世の中、何がどう転ぶかわからないな。

蛇の入った酒はともかく、この話はエルミナの研究に役立ちそうだ。

こうして、リザード族とバシリスク族、そしてサラマンダー族の抗争は終わった。

ようやく、村に帰ってきた。

サラマンダー族たちにはゆっくり休むように伝え、エンジュはフレキくんに会いに薬院へ。俺も薬院へ向かう前に、ブランを連れてバルギルドさんたちと一緒に解体場へ向かった。

解体場では、ディアムドさん一家とシンハくん、ノーマちゃんが魔獣を解体していた。

「帰ったか」

「あ、おにーたん!!」

「おっと、ただいま。エイラちゃん」

俺に抱きつくエイラちゃんを撫で、抱っこする。

俺でも抱き上げられるほどエイラちゃんは軽い。ミュアちゃんやルミナより小さいんだよなぁ。

エイラちゃんを一通り撫でて降ろし、俺はガタガタ震えているブランを紹介した。

「あ、みんなに紹介します。彼はブライジング、ブランって呼んでやってください」

「ちょちょ、ちょっと来い!!」

「うわっ」

ブランが俺を引っ張り、みんなに聞こえない位置へ。

「おい、なんだよあのバケモンは!?　親父とタメ張るデカさじゃねぇか!!」

「ディアムドさんだよ。前に言ったじゃん、バルギルドさんと同じくらい強いって」

「あんなのヤベーだろ!?　オレ、マジで死ぬって!!」

「大丈夫大丈夫。ディアムドさんは面倒見もいいし、すっごく優しいから。息子のキリンジくんやシンハくんもいい子だし、ノーマちゃんやエイラちゃんも可愛いよ。でも、アーモさんとネマさんに手を出せば死ぬからな」

「…………」

ブランは、なんとも言えない表情で俺を見ている。

「ほぅ、我ら以外のデーモンオーガか。そしてその息子を預かったと」

「ああ。恐ろしい強さだった……お前以外にあれほどの男がいるとは思わなかった。わけあって預かることになってな。まぁ、その辺りは今夜飲みながら話そう。あいつの歓迎も兼ねてな」

「そうだな。いい酒を用意している。今夜は飲もう」

「ああ」

バルギルドさんとディアムドさんは、相変わらず仲良しだ。

すると、俺とブランの足下にエイラちゃんが。

「ん、なんだこのチビッコは」

「エイラちゃんだよ。ディアムドさんの娘」

「ふーむ……あと二十年後かな」

「何がだよ……つーか、ディアムドさんの前で言ったら死ぬぞ」

「おにーたん、新しいおにーたんなの？」

「うん。ブランって言うんだ。今日から仲良くしてあげてね」

「うん!!」

「おい、子供のお守りは絶対にゴメンだからな」

頭をポリポリ掻くブラン。さらに、キリンジくんとノーマちゃん、シンハくんがやってきた。

「同族ですか。オレはキリンジ、よろしくお願いします」

「お、おう」

「おれはシンハ!! よろしくな、なんか弱そうな兄ちゃん!!」

「なんだとコラ」

「あはは!! あたし、ノーマ!! よろしくねお兄さん♪」

「おう。お嬢ちゃんは……うん、いいね。オレと結婚しない？」

「はい？」

「……すみません、父が呼んでますので。行くぞノーマ」

「え、わわ、キリンジ？」

キリンジくんは、ノーマちゃんを連れてバルギルドさんの元へ。

バルギルドさんはこっちを見ていないし、呼んでるようにも見えない。まさか……キリンジくんの嫉妬とか。まさかな。

シンハくんはブランをじーっと見てる。

「兄ちゃん、強いの？」

「当然だろ!!」

「んー、なんかそうは見えないんだよなぁ。どうなの村長？」

「え、まぁ……うん」

「おいアシュト、口ごもんな!!」

こうして、デーモンオーガのブランことブライジングが、解体場チームの一員になった。

解体場から新居に戻ると、シルメリアさんとシャーロットとマルチェラが庭に仁王立ちしていた……なにこれ？　あ、そうか。ルミナを叱ってるんだ。
「ルミナ、あなた……今までどこにいたのですか？」
「みゃ、みゃう……あ、あいつと一緒にダークエルフの里に行ってただけだ」
「なるほど。一緒に行った……」

「行くのは構いませんが、なぜ私たちに何も言わずに出ていったのですか？」

「うみゃ……べ、べつにいいだろ!!」

「ダメです。あなたはこの家で食事を食べ、寝泊まりしている身。そうでなくとも、ご主人様の庇護下にある身なのです。私たちの許可も取らずにいなくなるのは許せません」

「あ、あたいがどこに行こうとあたいの勝手だ!!」

「「「ダメです」」」

「みゃ……」

「ルミナ」

シルメリアさんが、ルミナを優しく抱きしめる。頭を優しく撫で、シルメリアさんは言う。

「わかりませんか？」

「…………」

「私たち、みんな……あなたを心配していたのですよ」

「…………」

「次は、ちゃんと一言お願いしますね」

「……みゃう」

ルミナは、ぶすくれていたが、シルメリアさんを拒絶しなかった。

シャーロットとマルチェラもルミナを抱きしめ、ネコミミを揉んだり頭を撫でている。

「ルミナ、今日は何が食べたいですか？」

「…………さかな」

「お魚ですね。では、みんなで食べましょうか」

「…………ん」

ルミナは、そっぽ向いていたが頷く。

みんなの優しさが伝わったのかな。ルミナも、素直になればいいのに。

「ご主人様。お帰りなさいませ」

「「お帰りなさいませ」」

シルメリアさんとシャーロットとマルチェラ。久しぶりの銀猫三人は、明るい声で俺を出迎えてくれた。

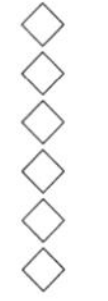

自宅に入ると、子供たちが出迎えてくれた。

「にゃあ。おかえりなさいませ、ご主人さま!!」

「わふ。お兄ちゃんおかえりー」

「まんどれーいく」

「あるらうねー」

『オカエリ、オカエリ!!』

『きゃんきゃんっ!!』

「ただいま。お、シロもここにいたのか」

シロがお腹を見せるように転がったので、そのまま思い切りワシワシ撫でた。

『きゅぅうん……』

「よしよし、気持ちいいか？」

「にゃう。わたしも!!」

「わぅぅ……わたしも」

「はいはい。みんな順番にね」

ミュアちゃんとライラちゃんを撫で、マンドレイクとアルラウネ、そしてウッドも撫でた。みんな俺に撫でられるのが嬉しいのか、とても気持ちよさそうだ。

すると、ライラちゃんは気が付いた。

「くんくん……お兄ちゃん、ルミナのにおいする」

「ああ。ずっと一緒だったしな」

「にゃうう……わたしも一緒に行きたかったぁ。ルミナばっかりずるいー」

「はは。じゃあ今度、みんなでバーベキューでもしようね」

子供たちのご機嫌を取らないとな。リビングで子供たちを撫でていると、シルメリアさんが来た。

ミュアちゃんとライラちゃん、マンドレイクとアルラウネを夕食の手伝いに誘い、ウッドはシロと一緒に外へ。残された俺は部屋に戻って一休み。

さて、ミュディたちはまだ仕事か……邪魔しちゃ悪いし、のんびりするか。

夕食。ダイニングには、俺の嫁たちが全員揃った。

食事も帰還祝いということで豪華なものだ。魚料理が多いのは気にしないでおく。ルミナも今頃美味しい魚料理をミュアちゃんたちと食べているだろう。

俺は蜥蜴組の組長からもらった酒を出す。試飲もしていない。この時をずっと待っていたのだ。

「じゃじゃーん!!」

「きゃぁぁぁぁっ!? ああ、アシュト、なにそれ!?」

「お、お兄ちゃん趣味悪い!! 帰ってきて早々に変なの見せないでよ!!」

ミュディとシェリーに怒られてしまった。

そりゃそうか。瓶の中には蛇が蜷局(とぐろ)を巻いているんだ。パッと見はかなり気持ち悪い。

エルミナ、ローレライとクララベルは驚かなかった。自然の中で生きてきたハイエルフにとって蛇は見慣れたものだし、こっちの姉妹は蛇なんて目じゃないドラゴンだ。

エルミナは首を傾げる。

「アシュト、なにそれ?」

「エルミナに朗報だ。これ、リザード族の組長からもらった秘伝の酒なんだけど、なんとコメから造られた酒らしい」

「えっ……ほ、ほんと⁉」

「ああ。造り方とかは不明だけど、この酒を造るのにコメを蒸していたらしい」

「蒸す……なるほど。ねぇねぇ、飲みたい‼」

「もちろん。みんなに最初に飲んでもらおうと、俺も試飲してないんだ」

瓶の蓋を開け、みんなのグラスに注ぐ。シルメリアさんがやろうとしたが、ここは俺の手で。

「はいミュディ」

「う、うん……っひ」

瓶の蛇と目が合ったミュディはビクッと震えた。

「ほいシェリー」

「う、うん……ど、毒はないよね？」

「あるわけないだろ」

毒蛇にやられたことのあるシェリーにはちょっと酷(こく)か。でもきっとこの酒は美味い。

「はい、ローレライ」

「ありがとう。水みたいなお酒ね……こんなに透き通ってるなんて」

「ほんと、どうやって造ったんだろうな」

ローレライは、グラスを揺らして酒の具合を確かめている。

「はい、クララベル」

「ありがと!!　でもわたし、お酒苦手だからちょっとで」

酒より果実水が好きなクララベル。まだまだ子供だね。

「いっぱいね、いっぱい!!」

「はいはい」

エルミナには少し多めに注ぐ。まだまだあるけど、秘蔵の酒って言ってたからな。

俺も自分のグラスに酒を注ぎ、全員がグラスを掲げた。

「では……乾杯!!」

「「「かんぱい!!」」」

さて、どんな味がするのか。俺たち六人は一気にグラスを煽り――

「「「ぶっふぇぇぇーーーーーっ!?」」」

ローレライ以外、一斉に噴き出した。

「ぐぉぉぉぉっ!?　んの、のどがやげるぅぅぅっ!?」

「「「げーっほげーっほっ!?　ひぃぃぃーーーっ!!」」」

「ん、かなりキツいわね……」

クッッッッッッソドギツイ酒だった。

喉が焼けた。グツグツの鉛(なまり)を流し込んだような感触だった。

ミュディとシェリーは喉を押さえて咳(せ)き込み、俺もクララベルもエルミナも転げ回った。

シルメリアさんが慌てて水を準備し、俺たちは一気に飲み干す。

「な、なんだこえ……ひゃばい」

「うええ……」

「お、おにいひゃん……!!」

「うぅぅ……」

「うへぇ……」

ローレライ以外にめっちゃ睨まれた……ごめんなさい。

こうして、『組長の酒』はエルミナの研究用として使われることになった。

こんなヤバい酒とは思わなかった……みんな、ごめん。

第十二章　エルミナのお酒～完成～

「ついに……ついに完成したわ」

「みゃう?」

エルミナの研究所。ソファで寝転がるルミナは、エルミナの肩が震えていることに気が付く。

手にはコップが握られ、中はかつてないほど透明な液体で満たされている。それが何なのか、ルミナには質問するまでもなくわかっていた。

『どーやら、酒が完成したみたいだぜ』

「ふーん」

ルミナの頭にネズミのニックが乗る。

ニックは、話ができるようになってからルミナの話相手でもあった。この研究所を根城にしているネズミたちは、乳白色のコメ酒が飲めるのでここにいる。

ルミナは欠伸をすると、エルミナの傍へ。

「できたのか？」

「うん。いろいろ改良と調整を繰り返してね。どうやらこのお酒、火入れの時間やタイミングで味が変わるみたい。アシュトがくれたリザード族のお酒が、最後のヒントになったわ」

エルミナは、透明な酒に『清酒』と名付け、詳細なレポートを数百枚書いていた。そして、それらをまとめ一冊の本にした。

完成した真の清酒をクイッと飲みながら、本を手で弄ぶ。

清酒は辛みがあるが口当たりもよく、酒の濃度も高い。ワインやエールといった酒とはまた違う。不思議な高級感が感じられた。

「うん、美味しい……濃度も高いしすぐに酔っちゃいそう」

「……あたいにはわからん。おさけ、美味しいのか？」

「もっちろん。あんたが大人になったら一緒に飲みましょ‼」

「みゃあ⁉　さ、さわるなっ‼」

エルミナはルミナの頭を撫で、ネコミミを揉む。

逃げようとするルミナをエルミナは捕まえ、とことん可愛がるのだった。

「でも、問題があるのよね」

「……みゃう？」

「これ、造るのかなり面倒なのよ。ハイエルフやエルダードワーフたちは村のお酒で精一杯だし……人出が足りないわ。う～ん……アシュトに相談……あ、そうだ‼」

ルミナを抱っこしたまま、エルミナはひらめいた。

ディアーナ率いる村の交易事務所にエルミナとルミナはいた。

「なんであたいまで」

「いいから。ほらお菓子」

ソファに座り、お菓子をモグモグ食べるルミナを撫でながら待つと、アシュトとディアーナがやってきた。

「で、どうしたんだよ。ルミナを連れてくるなんて珍しいな」

「みゃうー」

「んふふ。実は相談があってきたのよ。まずはこれ」

エルミナが出したのは、なんのラベルも貼られていない透明なスライム製の瓶。中には、水……

ではなく、エルミナが苦労して造った『清酒』が入っている。

銀猫にグラスを持ってきてもらい、アシュトとディアーナに試飲してもらう。

「ん!!　これは美味いな……なんか、前に試飲した時より美味くなってる」

「確かに……今までに味わったことのない味ですね。これがコメから造ったお酒……」

「でしょでしょ!!」

ルミナはお菓子を食べながらアシュトの隣に移動し、身体を擦り付ける。

アシュトは、ルミナを撫でながらエルミナに言った。

「で、お前の頼みってのは……この酒の量産だろ?」

「まーね。こんな美味しいお酒、広めないと損じゃない!!」

すると、ディアーナが難色を示す。

「確かに素晴らしいお酒です。村の新しい産業としても申し分ない完成度ですが……エルミナ様。このお酒を造るのにどれだけの時間と設備が必要ですか?」

「あ、やっぱりあんたにはわかるのね。まぁぶっちゃけると一か月くらいかかるわね。樽に詰めて放っとけばいいワインと違って、けっこうな手間がかかるのよ」

「なるほど……」

「そこで私からの提案なんだけど」

エルミナの提案に、アシュトもディアーナも驚いていた。

数日後。来賓邸に招かれたのは、ワーウルフ族の村の長と護衛数人。護衛にはアシュトに救われたワーウルフのヲルフと、その兄であるヴォルフがいた。

この場には、エルミナとアシュト、そしてディアーナがいる。

「お久しぶりですアシュト殿」

「お久しぶりです。今日はわざわざお越しいただきありがとうございます」

「いえいえ。うちの者を世話してもらっているようで。一度しっかりとお礼を言わなければと思っていたのですよ。ところで……フレキはよくやっていますかな？」

「ええ。フレキくんはもう立派な薬師ですよ」

アシュトと長の世間話が数十分。しびれを切らしたエルミナは、テーブルの上に清酒の酒瓶を置いた。

「今日!!　ここに呼んだのは、このお酒を飲んでもらおうと思ったから。ささ、私の造った『清酒』よ。後ろのあんたらも飲んだ飲んだ!!」

「お、おいエルミナ」

「……アシュト、話長い」

エルミナに小突かれ、ボソッと言われる。

壁際に控えていたシルメリアがグラスを配り、一人ずつ清酒を注ぐ。

全員に清酒が行き渡り、エルミナが音頭を取った。

「じゃ、かんぱーい‼」

アシュトたちとワーウルフたちは清酒を飲む。清酒を飲んだワーウルフたちは、味わったことのない酒に感動していた。

「これは美味い……緑龍の村ではいろいろな酒が造られてますな」

「んふふー……あのさ、このお酒、何から造られてるかわかる？」

エルミナはワーウルフ族の村長に対してもタメ口だ。伊達に九千年間生きてはいない。こう見えて村で最高齢なのだ。

ワーウルフたちは首を傾げ、エルミナは「これが言いたかった」と言わんばかりの笑顔を浮かべた。

「実はこれ、ワーウルフ族の村で作られたコメで造ったお酒なの」

「な……なんと⁉」

「こ、これが、コメ？」

「バカな……」

村長だけでなく、ヲルフとヴォルフも驚いていた。

エルミナは本題に入る。

「今日の本題なんだけど、このお酒をワーウルフ族の村で造ってほしいのよ。もちろん、造り方は指導するし、専用の建物も造る。見返りは、造ったお酒の三割を村に卸すこと。残りはワーウルフ族の村で自由にしていいわ……どう？」

アシュトもディアーナも、この提案を聞いた時は驚いた。

エルミナは、決して短くない時間、この清酒の研究をしていた。その間の研究成果やお酒は、間違いなくエルミナの財産なのだ。

それらを、あっけなく手放した。自分の研究を開示し、その全てをワーウルフ族に委ねると言うのだ。

しかも、なんの迷いもなく。躊躇いすらしなかった。

アシュトにだって自分の研究がある。

薬草同士を交配して新しい薬草を生み出したり、さまざまな薬品を組み合わせてまったく新しい薬を作ったり。この研究とデータを、完成したからといってすべて開示する。アシュトだったら少なからず迷うだろう。

だが、エルミナは……清酒が村で造るのは難しいという理由だけで、あっさり手放す決意をしたのだ。

ワーウルフ族の村長もこれには驚いていた。

「ね、願ってもいない話ですが……よろしいのですか？」

「うん。人員はいる？　けっこう複雑だから。あと力仕事もあるし……まぁワーウルフ族の力なら問題ないと思うけど」

「は、はい……で、では、村に戻りこの話をお伝えします。いやはや、新しい産業となりそうです」

「そうね。んふふ、美味しいお酒期待してるわよ‼」

「は、はい」

　こうして、ワーウルフ族の村長たちは困惑しながら帰った。


　それから数日後。ワーウルフ族の里に新しい産業が誕生した。

　緑龍の村からエルダードワーフとサラマンダー族を送り、エルミナの指示のもと、清酒製造工場の建築が始まったのだ。

　建築の間、エルミナはワーウルフ族たちに酒造りの指導を始める。

　新しい産業にワーウルフ族の若者たちは大いに喜び、コメを使った新たな酒は、ワーウルフ族の名産としてオーベルシュタイン領土に広がることになる。

「んふふ。お酒お酒〜♪　これで清酒がいっぱい入ってくるわ‼　アシュト、清酒が送られてきたら宴会開きましょ宴会‼」

「……お前って大物だよな」

　酒に新たな革命をもたらしたエルミナは、宴会のことしか頭になかったそうな。

第十三章　デーモンオーガのブラン

「はぁぁぁぁ〜〜〜……」

デーモンオーガのブランことブライジングは、一人解体場で黄昏(たそがれ)ていた。

今は狩りの時間。ここにいるのは解体の準備のために道具を研いでいる魔犬族の男三人だけ。ブランは一人、解体場にある道具小屋の裏で、サボっていた。

「ったく、あの鬼二人ヤバいっつーの……親父とタメ張れる強さだけでも反則なのに、二人して容赦なくオレの頭をボコボコ叩きやがる……」

そう言って、近くに生(な)っていたベリーをつまむ。

酒があればなお完璧だが、ブランは着の身着のままで来たので何も持っていない。

収穫物や狩りで得たものを換金して金を手に入れれば、『ディミトリの館』というところで酒を買えるらしいが、ブランはまだ仕組みがよくわからなかった。

「帰りてぇ……」

ブランは、ぼんやりと考えた。

父であるザオウガの下でなら、毎日好き放題に過ごせた。

部下として扱っていたバシリスク族は自分を『兄貴』と慕い、食べ物や酒をいくらでも持ってきた。

ちょっと魔獣が出れば狩りに出かけ、あっさり倒したことだって何度もある。

でも、ここではあまりにも違いすぎた。

「つーか。魔獣がデカいのばっかり出やがる。あの鬼二人もガキも楽しそうに狩るし……同じデーモンオーガだってのに、こうも違うのかね」

ブランはデーモンオーガの成人だ。肌も強靭だしナイフや剣では傷一つ付かない。それに毒の耐性もあるし、腕力も並ではない。だが、バルギルドやディアムドと比べると大人と子供。正直なところシンハよりも弱かった。

「はぁ～あ……酒飲みてぇ」

「ほう、酒か」

「ああ。バシリスク族が用意する酒に味の濃いトウモロコシの酒があってさ、それを温めて飲むとポカポカして……」

ガッシィィィ!!　と、ブランの頭が巨大な手に掴まれた。

サァァーっと青くなるブラン。持ち上がる身体……目の前に、鬼の顔。ディアムドだ。

「美味そうだな。オレにもご馳走してくれ」

「そそそ、そうでですねねね……あははは、お、親父に頼んで送ってもらおうかなー……なんて？」

「ははは、それはいい」

「あ、あはは」

「ははははははは」

「はは、ははははは」

「「ははははははは」」

次の瞬間、ブランの身体が宙を舞った。

「い、いてぇ……くそ、あの鬼め」

「いやー、兄ちゃんが悪いって」

「つぐぅぅ……」

シンハと一緒に、解体した魔獣の肉を、村の大型冷蔵庫へ運ぶブラン。

ディアムドに殴られ、頭にはたんこぶができていた。

「兄ちゃん、弱っちいんだからさー、もっと鍛えないと勿体ないぜ？　せっかくデーモンオーガなんだし、鍛えれば父ちゃんみたいに強くなれるかもよ」

「む……オレが親父より強くなれるわけないだろ」

「なんで？」

「なんでって、そりゃ……オレの親父は最強のデーモンオーガだしな」

「ふーん。おれは父ちゃんより強くなりたいけどなー」

巨大肉を担ぎ、冷蔵庫に到着した。

冷蔵庫のドアは二重になっていて、中の壁はシェリーの魔法で凍らせてある。シェリーのおかげで肉や野菜を長期保存できるようになったのは実にありがたい。

シンハとブランは肉用冷蔵庫に肉の塊を置いた。

「さ、次の肉を運ぼうぜ」

「おう。つーか命令すんなよチビッ子」

「チビで悪かったな。おれより弱いくせにー」

「んだとコラ」

ブランはシンハの頭をガシガシ撫でる。

事実なので仕方ない。だが、シンハは不思議とブランが嫌いではない。キリンジとは違うタイプの兄貴が内心嬉しかった。

ブランは、シンハの頭を撫でながら聞く。

「なぁ、ところでよ……お前の姉ちゃんって未婚か?」

「みこん?」

「結婚してるかってことだよ。歳は十七歳くらいなら、もう相手もいるんだろ？　まさかおめーじゃねぇよな」

「あの姉ちゃんに結婚相手なんていねるわけねーじゃん。ガサツでやかましいし、おれを子供扱いするし」

「キリンジはどうなんだよ？」

「キリンジ兄ちゃん？　いやー、キリンジ兄ちゃんはもっとこう、大人の女が好みなんじゃね？　まさかうちの姉ちゃんのことが好きなわけないと思うけど」

「むぅ……おめーの姉ちゃん、いい女だと思うけどな。胸もけっこうあるし、スタイルもいい……オレ、狙っていいか？」

「いいんじゃね？　おれには関係ないし」

ブランはニヤニヤしながら歩き、恋愛にまだ興味のないシンハは欠伸をしながら付いていく。

すると、目の前からノーマとエイラが歩いてきた。手には魔獣の内臓を収めた壺を持っている。

「あ、ブランとシンハじゃん」

「姉ちゃん？　あ、もしかしてそれホルモン？」

「うん。ホルモン焼きの店に持っていくの」

ホルモン焼きはドワーフたちに大人気で、専用の建物まで建築した。有料制にしてホルモン焼きを食べられるようにしたのだが、それでも大人気だった。

今まで、魔獣の内臓は捨てるかセンティのエサだったが、今ではホルモン焼きとして村で親しまれている。

ブランはピーンとひらめいた。

「ようチビッ子、元気か？」

「おにーたん。おしごとしないとだめよ‼」

「っく……そ、そうだな!!　じゃあせっかくだし、その壺はオレが運んでやろう。シンハ、このチビッ子を頼むぞ」

「へ？　なんだよ急に」

「いいから!!」

エイラをシンハに押し付け、首を傾げるノーマと一緒にブランは歩きだす。

「じゃあ行こうかノーマ。一緒に運ぼうぜ」

「え、あ、うん。いいけど」

シンハとエイラはお互いに顔を見て首を傾げた。

ブランとノーマは、壺を抱え歩きだした。

「ねぇ、ホルモン焼きって好き？」

「も、もちろん好きだぜ!!　ノーマはどうよ？」

「あたしも好き!!　部位によって触感違うんだよねー。心臓とかコリコリしてるし」

「じゃ、じゃあさ、今夜一緒にホルモン焼きでもどう？」

「お、いいね。でもブラン、お金持ってるの？」

「……あ、あるぜ」

「やたっ!!　じゃあブランの奢りでホルモン焼きね!!」

「お、おう!!」

ブランはノーマに惚(ほ)れてしまった。

天真爛漫（らんまん）な笑顔、アーモ譲りのスタイル、どこを見ても非の打ちどころがない。

バシリスク族のメスや、違う地域のダークエルフと付き合ったこともあるが、やはり同族でないと駄目だった。そもそも卵生のバシリスク族と付き合うのはさすがに無理があった。

それに、ノーマも案外自分のことを気に入っている気がする。

「うへへ……」

「どしたの？」

「あ、いや。と、とにかく運んじまおうぜ!!」

ブランは、金を用意するために頭を働かせた。

「頼む!!　金を貸してくれ。いやください!!」

「お、おい。いきなりなんだよ……」

ブランが頼ったのは、アシュトだった。

薬院で読書をしていたアシュトのもとを訪ね、いきなり土下座したのである。

これにはアシュトも驚いた。

「金って……何か買うのか？」

「ホルモン焼きだ」

「……食べたいのか？」

「ああ。実はノーマを誘って食べることになった……でもよ、金がない。ノーマにはあるって見栄張っちまったし、あと数時間で金なんて用意できねぇ。頼れるのはお前だけだ、頼む!!」

「お、落ち着けよ。ノーマちゃんがお前と二人で？」

「ああ。くくく、オレってイケメンだろ？　ダークエルフもバシリスクも、落ちない女はいなかった……ふっ、いいかアシュト、オレは今夜キメるぜ!!」

「何をだよ……つーか、バシリスク族は卵生だぞ。さすがにマニアックすぎる」

「ば、馬鹿!!　寝てはねーよ!!　それより金、金を貸してくれ!!」

「わ、わかったわかった。その代わり、ちゃんと働いて返せよ」

「おうよ!!」

アシュトは財布から五万ベルゼ——村の通貨である——ほど抜き、ブランに渡した。

ブランの恋路を応援するつもりはない。友人として貸したのである。

「じゃあ行ってくるぜ!!」

「おー、いってらっしゃーい」

アシュトはブランを見送った。そして憎めない奴だなと苦笑し、読書を再開したのだった。

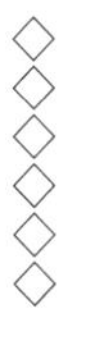

ブランは、ホルモン焼きの店の前でノーマを待っていた。

家まで迎えに行こうと思ったが、『準備がある』と言ってたので先に来たのだ。

「くふぅ……いい匂いじゃねぇか」

ホルモン焼きの店からは、肉の焼ける匂いがすごい。魔獣の内臓なんて処分するだけだったのに、調理一つでこうも化けるとは。

ニヤニヤしながら、今夜の計画を思い出す。ホルモンで食事、酒も飲み、いい雰囲気になったら店を出る。そしてプロポーズ……いける。ブランはそう確信した。

そして、ついに来た。

「お待たせー!!」

「おう、待って……た」

ノーマがやってきた……家族を連れて。

バルギルド、アーモ、シンハ。ディアムド、ネマ、キリンジ、エイラ。デーモンオーガ一家が勢揃いだ。

「……あ、あの、ノーマ？」

「えへへ。今日はありがとね、ブラン」

「えと、こちらの皆さんは？」

「ブランの奢りって言ったらみんなも参加したいって!!　やっぱり家族みんなで食べるお肉じゃないとね!!」

「…………」

そう言って、ノーマは店の中へ。ブランの両肩に、ゴツイ手がズシンと置かれた。

「世話になる」

「感謝するぞ」

バルギルドとディアムドの手だった。

「ふふ、美味しいお酒が飲めそうね」

「ええ。若い子に奢ってもらえるなんてね～」

アーモとネマが、店に入っていく。

「今日はありがとうございます」

「ブランの兄ちゃん、ありがとな!!」

ニコニコしてるキリンジと、肉と聞いて嬉しさを隠さないシンハが店の中へ。

「おにーたん、どうしたの？」

「……いや、こういうオチなのね」

エイラがかわいらしく首を傾げ、ブランはがっくり肩を落とした。

第十四章　嵐の前に

ある日、久しぶりに最悪の天気だった。

大雨、雷、そして強風……全ての仕事は止まり、住人たちは家の中に避難した。

嵐となると、農作物や農園、温室が被害を……なんて考えるが、その心配はない。なぜなら、この嵐はハイエルフたちがすでに予見しており、対策は万全だ。

数日前エルミナが『嵐が来るわね』なんて言いだしたので、準備をしていたのだ。

エルミナだけじゃなく、ハイエルフ全員が『嵐が来る』なんていうもんだから、収穫を一時的に止め、嵐対策を始めたのである。農作物、建築物は全て補強。しかもドワーフたちの仕事だから安心だ。

外は嵐。仕事はお休み……つまり、家の中にみんないる。

「アシュト、ドラゴンチェスやらない？　私、あんたになら勝てる気がするわ!!」

「アシュト、とっておきのカーフィーがあるの。私の部屋で読書でもどう？」

「お兄ちゃん、一緒にお菓子作りやろっ!!」

「お兄ちゃん、ビッグバロッグ王国から持ってきたカードゲームがあるの。やらない？」

と、俺は人気者だ。エルミナ、ローレライ、クララベル、シェリーが俺を誘う。だが、悲しいかな俺の身体は一つしかない。そこで、ミュディが提案した。

「じゃあ、クララベルちゃんはわたしとお菓子作り、シェリーちゃんとエルミナがゲーム対決をして、アシュトとローレライは読書しながらゲームに混ざるのはどうかな？　お菓子を作ったらみんなでお茶会しよう!!」

というわけで、外は嵐だが家の中も嵐になりそうだった。家の中にいるということは、必然的にこうなる。

「にゃあ。ご主人さまー」

「わぅぅ。お兄ちゃんあそんでー!!」

「まんどれーいく」

「あるらうねー」

『アシュト、アソボ、アソボ!!』

子供たちがやってきた。

ミュアちゃんとライラちゃんはエルミナとシェリーのゲームに混ざり、マンドレイクとアルラウネは読書するローレライが気になるのか、積んであった本に手を伸ばす。

ウッドは俺の膝の上に乗ると、満足そうに足をパタパタさせた。

『ミンナイッパイ、タノシイ!!』

「だな。外は嵐だけど……たまにはこんな日もいいな」

窓がガタガタ揺れているが、そんなこと気にならないくらいゲームは白熱している。

ドラゴンチェスに熱中しているエルミナとシェリー。ちなみにこの二人、対戦成績はどっこいどっこいで、レベルが同じなのでいいライバルなのだ。

ミュアちゃんとライラちゃんは積み木で遊び、マンドレイクとアルラウネはローレライの隣で読書をしている。

俺も読書を始め、ウッドは俺から下りると部屋の隅にある大きな鉢の土に根っこを伸ばし、そのまま昼寝を始めた。

「くらえ、ドラゴンチェック!!」

「あぁぁぁっ!! ちょ、待った、待ったシェリー!!」

「嫌よ!! 真剣勝負ってこと忘れないでよね!!」

「ぐっぬぅぅぅぅ……ま、まだまだ!!」

エルミナとシェリーの対決は白熱している。

そこにティーカートを押してシルメリアさんたち銀猫族と、ミュディとクララベルが入ってきた。

「みんな、おやつですよー」

「今日はパンケーキ♪ ミュディと一緒に作ったの。フェアリーシロップをかけて召し上がれっ!!」

シルメリアさんたちはお茶の支度を始め、俺たちはパンケーキを食べる。フェアリーシロップをかけたパンケーキはとても甘く、みんな大満足だった。

普段はみんな仕事だが、今日みたいな嵐の日はこうして集まれる。天気が悪いのは嫌だけど……

こんな日があってもいいよね。

「みゃう……いいにおい」

「お、ルミナ」

ルミナが、パンケーキの匂いに釣られてやってきた。

「ルミナ、ほらおいで」

「みゃぁ……くぁぁ」

「あーっ!!　ご主人さまのとなりずるいー!!」

「うるさい……寝起きの頭に響くだろ。おおきな声だすな」

「にゃうーっ!!　ご主人さまのとなりわたしもーっ!!」

「おっと、はは……よしよし」

ミュアちゃんが俺の膝に座ったので、ルミナも負けじと俺の腕にしがみつく。

俺は可愛らしい二匹の子猫を優しく撫でる。

「ごろごろ、ごろごろ……」

「ごろろ……ごろごろ」

喉を鳴らし、気持ちよさそうにしているミュアちゃんとルミナ。

風が窓を叩き付けるが、そんなの気にならないくらい可愛かった。

嵐の新居は、穏やかな時間が過ぎていった。

ハイエルフの見立てでは、嵐は数日続くらしい。

その間、外仕事は全てストップ。家の中でのんびりする日が続く。

みんなで遊び、おやつを食べ終えると、子供たちはお昼寝の時間になり出ていった。

俺は薬院で診療記録と本棚の整理をしていると……

「あ、これ……ビッグバロッグ王国から持ってきた本だ」

懐かしい、実家から持ってきた本が何冊か出てきた。

シャヘル先生からもらった初級薬学書、実家の地下にある書庫から出てきた医学書、そして、自分で育てた薬草の成長記録などだ。

「うわ、酷いな……はは」

薬草の成長記録。これ、シャヘル先生の温室で育てた薬草の記録だ。まだ薬学を習い始めたばかりで、シャヘル先生の教えを反映しつつ、自分なりに工夫して薬草を育てたんだ。

結果は……全滅。全て枯れてしまった。

あの時は、シャヘル先生も苦笑いだったっけ……俺も落ち込んだけど、シャヘル先生は『これを戒めにして、もっと学びなさい』って言ってくれた
俺はメモ書きだらけの成長記録を読み返す。

殴り書き、そして土や泥で汚れている。まぎれもなくこれは、俺が薬師として歩んだ証。

農園に畝を作る魔法や、『成長促進（グロウアップ）』の効果についての検証、採取した薬草のデータや、ヘタクソな模写など……がむしゃらに学ぼうとしているのがわかる。

「……なるほど、あの頃はこういう解釈をしてたのか」

いつの間にか、床に座って読みふけっていた。

俺は日記を書かないので、当時の俺が何を考えて成長記録を書いたのかを見るのは新鮮だった。

「……記録か」

診察記録は残している。でも、これはあくまで診察記録。

「待てよ？　本……」

そうだ。俺の記録。この村で過ごした記録を残そう。

これから何年、何百年、何千年と俺は生きていく。ジーグベッグさんみたいに本を書く……以前、俺は趣味がないとか考えたことがあったけど、執筆に挑戦するのもいいかもしれない。というか、書いてみたい。

「まずは、一日一ページの日記から始めよう。確か……お、あった」

俺は、深緑色の背表紙の本を本棚から取り出す。

これ、かなり前にジーグベッグさんが送ってきた本の中にまぎれていたんだ。何も書かれていない本……これ、日記に使えそうだ。

「日記ねぇ」

「はい。長い人生だし、記録を残しておこうと思って」

「ふふ。アシュトくんってば真面目ね♪」

「いやぁ……ってシエラ様⁉」

「う～ん、驚きがイマイチ……もう慣れちゃったかなぁ？」

シエラ様がちょっとがっかりしながら俺の隣に。そんなに俺を驚かせたいのか。

「ねぇアシュトくん。以前に言ってた宴会だけど……みんな集められたから、準備をお願いしてもいいかしら？」

「え」

「ようやくヴォルカヌスと連絡が付いたの。アシュトくんもいろいろあって大変だったろうけど、よろしくね♪」

シエラ様のお願い。それは……神話七龍を集め、飲み会を開くということ。

この世界に伝わる伝説の存在が、この緑龍の村に集結する。

この世界に『緑』をもたらした『緑龍ムルシエラゴ』。

この世界に『熱』をもたらした『焱龍(えんりゅう)ヴォルカヌス』。

この世界に『知識』をもたらした『賢龍(けんりゅう)ジーニアス』。

この世界に『光』をもたらした『天龍アーカーシュ』。

この世界に『海』をもたらした『海龍アマツミカボシ』。

この世界に『夜』をもたらした『夜龍ニュクス』。

この世界に『色彩』をもたらした『虹龍アルカンシエル』。

これが、世界を創造せし『神話七龍』だ。ビッグバロッグ王国では子供ですら知っている常識。って……そんな伝説のドラゴンが、俺の村で飲み会する……なんか夢みたい。

「ふふ。緊張しなくていいわ♪　みんないい子ばかりだから」

「い、いい子？」

「ええ。アシュトくんのことを話したら、みんな興味深々みたい。特にアルカンシエルちゃんとか、アシュトくんを『染めたい』って言ってたわ♪」

「そ、そめたい？」

「ふふ♪　じゃあ、準備をお願いね♪」

シエラ様は去っていった。

残された俺は日記を片手に立ち尽くす。ああ、そうだ……このことを日記に書くか。

「神話七龍の宴会……と、とにかく。失礼のないようにしないとな」

第十五章　神話七龍の宴

シエラ様の報告を受け、俺は村の種族代表を家に集めた。

エルミナ、ローレライ、シェリーとミュディ、ディアーナ、サラマンダー族のグラッドさん、エルダードワーフのアウグストさん、デーモンオーガのバルギルドさん、ハイピクシーのフィル、魔犬族のベイクドさん、フレキくんとエンジュ、ブラックモール族のポンタさん、そしてなぜかタイミングよく現れたディミトリとアドナエルだ。

銀猫族の代表はもちろんシルメリアさん。全員にお茶を出したあとは壁際にひっそり控えている……話は聞いてるようで安心だ。

俺はみんなが注目しやすい場所に立つ。

「えー、この緑龍の村が始まって以来、いろいろな客人をもてなしてきた。だが……今回のお客様は、これまでにない大物です。みんなの力を合わせてもてなしましょう」

つまり、神話七龍のみなさんをおもてなしするので、みんな協力してくれってことだ。

力を込めて言うと、エルミナが挙手する。

「で、客って誰？　どっかの国の王様？」

「いや。シエラ様が連れてくる『神話七龍』のお方たちだ」

「……は？」

いきなり『神話七龍』って言われてもピンと来ないよな。

俺にもわからないけど、オーベルシュタインにも『神話七龍』の伝説は伝わっている。七匹の龍の名前や、この世界にもたらした奇跡などは共通しているようだ。

するとグラッドさんが挙手。

「叔父貴、ってぇことは……親父も来るんですかい？」

「はい。シエラ様が呼んだので来ますね」

「おぉ……」

サラマンダー族の『親父』……ヴォルカヌス様。

この世界の地中深くにある『炎の海』に浸かってるんだっけ？　『マグマ』とかいうらしいけど……見たことないからよくわからん。

すると、今度はディミトリが挙手。

「アシュト村長。し、神話七龍ということは……我ら闇悪魔族（ディアボロス）の神『夜龍ニュクス』様もお越しになられるということですか!?」

「うん。全員呼ぶって言ってたしな」

「おお……!!　こ、これは……ルシファー様に報告せねば!!」

「いえ。報告は私が済ませたので問題ありません」

ディアーナがしれっと言う。そりゃそうだ、妹だし。

「ニュクス様……私は、生まれて間もなく眷属になったので覚えていないのです。どのようなお姿なのか……」

ディアーナはうっとりしていた。シエラ様とヴォルカヌス様しか知らないから、俺も興味ある。

ここでアウグストさんが挙手。

「ってことは、第二宴会場を使うんだな？」

第二宴会場は、この日のために造った宴会場だ。

教会と同時に建設を始め、神話七龍のみなさんが宴会をするために造っていたのだ。こぢんまりとしているが、装飾は凝(こ)りに凝っている。宿泊用の家も七軒建てたし、準備はばっちりだ。

「オレらの神『天龍アーカーシュ』サマも来ちゃうのかヨォ～？　とびっきりの酒を用意しなくっちゃナ!!」

「ふん。ワタクシもディミトリ商会最高の銘酒をご用意しますよ」

『ま、あたしらは関係ないかな～　ハイピクシーは花の妖精だしぃ～』

「ボクたちワーウルフはフェンリル様を信仰してるので……」

「ウチらダークエルフもあんま関係ないわぁ～、まぁ、森の恵みに感謝っちゅーなら、緑龍ムルシエラゴ様に感謝やけどな」

わいわいガヤガヤと話が弾む。

「宴会当日は俺が接待をしますので。バルギルドさんはいつもより多めに獲物を、銀猫族は調理をお願いします。ディアーナ、マーメイド族に、いつもより多めに魚を頼んでおいてくれ」

当日の打ち合わせをする。

俺は宴会場でお酌(しゃく)したりする接待役、銀猫族は調理、バルギルドさんたちは肉、ハイエルフたちには酒を運んでもらい、残りは普段通りの仕事をしてもらう。

もしかしなくても、俺が一番重要な役……めっちゃ緊張してきた。

神話七龍の宴会……今更だが、とんでもないイベントだ。

数日後。全ての準備を終え、神話七龍を出迎える。

村の入口には、俺とシエラ様、サラマンダー族が並んでいた。

「シエラ様。その、お客様にお出迎えさせるのは……」

「うふふ。あのねアシュトくん。みんなを集めたのは私なの。私がホストなのに出迎えをしないなんてあり得ないでしょ？　アシュトくんは場所を貸してくれて、私はお客様を集めた……つまり、私のお客様をアシュトくんと一緒に出迎えるってわけ」

「は、はい……」

シエラ様、いつもは深緑色のローブだけど、今日はドレスみたいなのを着ている。

その、胸の谷間も見えてるし……相変わらず色っぽいよ。

「ふふ♪　どうしたのかな？」

「い、いえ!!　なんでもありません!!」

シエラ様は、『わかってるわかってる』みたいな表情で俺を見る。うん、このお姉さんには勝てそうにない。

すると、来た。ものすごい灼熱（しゃくねつ）の威圧感とともに、一人の男が街道のど真ん中をのっしのっしと歩いてきた。

白い着物を豪快にはだけ、腹にはサラシを巻き、藁（わら）を編んで作った履物（はきもの）を履（は）いている。

ガッチガチの胸板に丸太のような腕、真っ赤に燃えているような髪は逆立ち、長い鹿のようなツノが伸びている。

焱龍ヴォルカヌス。

この世界に『熱』をもたらした神話七龍の一体が、欠伸をしながら腹をボリボリ掻いて歩いてきた。

「おう」

たったそれだけだが、あまりにも強烈だった。シエラ様はニコニコしながらヴォルカヌス様を出迎える。

「あなたが一番乗りとはね」

「あぁ？　他の連中は来てねぇのかよ？」

「ええ。ふふ、もうすぐ来ると思うわ」

「……まぁいい。よぉアシュト、元気してたか？」

「ははは、はいっ‼」

「かっかっか‼　元気そうでよかったぜ‼」

「ぐっあぁぁっ⁉」

バンバンと肩を叩かれ、俺の立つ地面に亀裂が入った。

そして、視線はサラマンダー族へ。グラッドさんたちは中腰で膝を押さえる体勢のまま動かない。

「ツラ、見せろ」

「へい、親父」

サラマンダー族たちは顔を上げ、ヴォルカヌス様と向き合う。するとヴォルカヌス様はククッと笑った。

「はははっ、おめぇらいい面構えになってるじゃねぇか。アシュトんとこにやったのは正解だった……立派な息子に成長して、親としては嬉しいぜ」

「お、親父……」

何人かのサラマンダーたちは感涙し、涙を拭いていた。

ヴォルカヌス様はシエラ様に言う。

「おうムルシエラゴ。まだ連中は来ねぇんだろ？　オレは久しぶりに息子たちと酒でも飲んでるからよ、準備ができたら呼んでくれや」

「わかったわ。アシュトくん、いい？」

「はい。グラッドさん、ハイエルフに言ってお酒をもらってください。皆さんで飲んで構いませんので」

「叔父貴……ありがとうございます!!」

サラマンダーたちは頭を下げ、ヴォルカヌス様と去っていった。

「おうグラッド、おめぇの倅(せがれ)に会わせろよ」

「へい!!　実は、名付け親は叔父貴でして」

「ほぉ～……よし、その辺の話を聞かせろや」

なんか楽しそうだ。サラマンダーたちとヴォルカヌス様。親と子って関係らしいけど……俺やルシファーみたいに、眷属ってわけじゃないらしい。

「ヴォルカヌス、ぶっきらぼうだけど面倒見がいいのよ」

「へぇ……シエラ様みたいですね」

「あらお上手♪」

出迎えは俺とシエラ様だけになった。さて、次の来客は……いろんな意味で強烈だった。

シエラ様と談笑していると、ディアーナ、そしてルシファー、さらにディミトリとリザベル、悪魔司書四姉妹がやってきた。

みんな黒を基調とした服を着ている。悪魔族(デヴィル)にとって黒は『夜』を象徴する色で、祭事や催(もよお)し物では黒を着るのが普通らしい。

ルシファーたちはシエラ様に一礼した。

「ニュクス様にお会いする機会を作っていただき感謝します。緑龍ムルシエラゴ様」

「いいのよ♪　ニュクス、暗い場所に一人で引きこもってたから、引っ張り出すのが大変だったわぁ～♪」

「そ、そうですか……」

普段は飄々としたルシファーも、シエラ様相手では緊張するらしい。俺はルシファーに質問した。

「ルシファー、ニュクス様に会ったことがあるのか？」

「もちろん……と言っても、子供の頃に一度だけね。その時はドラゴンの姿だったし、真っ暗だったからよく覚えてないんだ。ディアーナも赤ん坊だったしね」

「ふふ、見たら驚いちゃうかもね♪」

「「え？」」

「くふふ……新たなビジネスチャンスの香り。あなたたち、くれぐれも失礼のないようにお願いしますよ!!」

「はい、会長」

「「「はい、会長」」」

ディミトリたちはいつも通りって感じだな……それから間もなくして。

「……アシュト、誰か来たよ」

「ん？　あ、ほんと……えっ」

街道から、誰かがゆっくり歩いてきて……そのまま倒れた。

ギョッとする俺たち。転んだだけかと思ったがピクリとも動かない。

さすがにおかしいと思い、俺は駆け出した。ルシファー、ディアーナも付いてくる。

「あの、大丈夫ですか!!　大丈夫ですか!?」

「う、あぁ……す、まなぃ」

「うっ……」

酷い顔色だった。

土気色。生気を感じられない。しかも、抱き上げた身体はあまりにも軽く、俺ですら片手で持ち上げられそうだった。黒いローブから伸びる手は骨と皮だけで、癖の強い黒髪はヨレヨレになっている。明らかに重病人。これは……余命幾ばくもない。

余命の少ない人間がオーベルシュタイン領土で最期を迎えるという話は聞いたことがある……まさか、この人も。

「久しぶりね、ニュクス♪」

いつの間にか背後にいたシエラ様が、そんなことを言った。

「や、やぁ……ムルシエラゴっぶっはぁぁぁっ⁉」

「うぉぉぉぉっ⁉　とと、吐血したぁぁぁっ⁉」

「きゃぁぁぁぁっ‼」

「……こ、この方が、ニュクス様？」

いきなり吐血した重病人……え？　この人がニュクス様？

吐いた血がモロに上着を汚し絶叫する俺、驚き叫ぶディアーナ、想像していた人物との違いに困惑するルシファー。ニュクス様はゆっくり立ち上がり、フラフラしながら謝罪した。

「す、すまない……実はボク、お腹に血が溜まる体質でね……定期的に吐かないといけないんだなんだそれ……た、体質？

ニュクス様は死人みたいに顔色が悪く、たぶんミュアちゃんよりも軽い。重病人にしか見えなかった。この人が『夜龍ニュクス』なのか……いやはや、信じられん。

「ムルシエラゴ……宴会はまだだろう？　どこか暗い、湿気の多い場所に案内してくれ……グェッホ⁉　ゲッブォォッ⁉　がっハァッ⁉」

「あ、あの、本当に大丈夫ですか？」

「あ、ああ……し、死にはしないさ。死には……ん？　きみたち……ああそっか、あの時の子供かい？　大きくなったねぇ……」

ニュクス様は、ルシファーを見て微笑んだ……死人みたいに。

ルシファーは頭を下げ、ディミトリたちも慌ててそれにならう。

ニュクス様はフラフラと歩き、ルシファーとディアーナが両脇を支える。

「あぁ……ありがとう」

「いえ。ニュクス様の眷属として当然です」

「はい。お支えします」

おお、ルシファーとディアーナが協力し合っている。

ディミトリたちもあとに続き、黒の集団はゆっくりと歩きだす。

「ぐっぶはぁぁぁぁっ⁉　げぇぇーっほげっほ⁉」

「きゃぁぁぁぁぁーっ⁉」

だが、ニュクス様の吐いた血がディアーナを真っ赤に濡らした。シエラ様は苦笑し、俺に言う。

「洗面器、用意していてね♪」

「は、はい……」

夜龍ニュクス。とんでもない人だった。

次にやってきたのは……恰幅(かっぷく)のいい男性だった。

なんというか、丸い。ぽっちゃりを通り越してまん丸な体型だ。でっぷりした顔に汗をダラダラ流し、ちょびっとした青い口髭と青い髪。手には大きなコップを持っており、汗を拭いながらがぶがぶ飲んでいた。

「久しぶり、アマツミカボシ」

「やぁムルシエラゴぉ……相変わらず地上は暑いよぉ～」

「ふふ。海の中もいいけど、たまには地上の空気も感じないとね♪」

「そうだねぇ。ぼく、人間の姿に変身するの久しぶりだからぁ、すっごく新鮮な気分だよぉ」

のっぺりした喋り方だった。

アマツミカボシ。この人は……『海龍アマツミカボシ』か。

この世界に『海』をもたらした偉大なるドラゴン。人間の姿がどういうものなのか想像できなかったけど、これはまた意外なお姿でした。

「おぉ？　きみがムルシエラゴの言ってた人間かい？」

「はっ、はい‼　は、はじめまして。アシュトと申します‼」

「おっほっほっほ。あのムルシエラゴに眷属ができるなんてねぇ？」

「そうかしら？　アシュトくんってば可愛いし、私の好みなのよねぇ♪」

「んふふ。ここに来る前にぼくの眷属に挨拶したけど、やっぱり子供の成長は見て嬉しいものがあるよぉ？　ムルシエラゴ、きみも子供ができたんだ。見守る楽しみができてよかったねぇ」

「そうね。ありがとう、アマツミカボシ」

アマツミカボシ様は、持っていたコップをグイグイ飲む。

けっこうな量を飲んでいるのに、コップの中身は減ることがなかった。

「ぷぁぁ～‼　やっぱり海水はおいしいねぇ～‼　アシュトくん。きみもどう？」

「え⁉　かか、海水ですか？　えっと……い、いただきます‼」

「アシュトくん。無理しないの。アマツミカボシ、人間は海水が飲めないのよ」

「あ、そっかぁ～。あはははは、ごめんね」

アマツミカボシ様は、銀猫族に案内されて宿泊用の家に向かった。

ニュクス様が来ていることを伝えると、嬉しそうにはしゃいでいた。やはり神話七龍が揃うことは滅多にないらしい。

海龍アマツミカボシ様。のっぺりしたいいお方でした‼

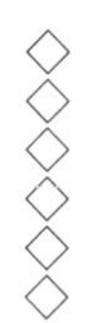

次にやってきたのは……とんでもないイケメンだった。

高い身長、全身を覆う豪華(ごうか)なローブ、サラサラの銀髪、きりっとした瞳、そして必要ないんじゃないか？　と思うけどアクセサリーみたいなメガネ……だ、誰だ？

男の俺でさえ見惚れるような美男子が、優雅に街道を歩いてきた。

村の入口で立ち止まると、シエラ様に向かって微笑する。

「お久しぶりですね、ムルシエラゴ」

「ジーニアス。変わりないようで嬉しいわ♪」

「あなたこそ。手紙をもらった時は驚きましたよ……まさか、我ら七龍を集め、酒を飲み交わしたいなどとね」

「ふふ♪　面白そうだからいいじゃない？」

「……やれやれ」

メガネ高身長銀髪イケメンの正体は、この世界に『知識』をもたらした『賢龍ジーニアス』様だった。

ジーニアス様は柔らかな微笑を浮かべたまま俺に顔を向ける。

「はじめまして。私はジーニアス……アシュトくんだね？」

「は、はひっ!!　ああ、アシュトと申しまっしゅ」

「緊張しなくていい。なるほど……ムルシエラゴの言った通りの子だ」

「はい？」

ジーニアス様は俺の肩に手を乗せ、優しく笑う。

何この人、めっちゃカッコイイ……ビッグバロッグ王国に行けばファンクラブができる。

「さて、懐かしい連中に挨拶でもしますかね」

ジーニアス様は、銀猫族に案内され村の中へ……なんか、普通だ。これまでの人たちと違うぞ。

さて、次の来客が来る前に、天使たちが一堂揃った。

次に来るのは『天龍アーカーシュ』様かな。天使たちにとっての『神』であるという。

こうも立て続けに神話七龍が来ると感覚がおかしくなってくるな。

でも、あと二人だ。

「フゥ～ウ……緊張してきたぜ」

「社長。くれぐれも失礼のないように」

「わかってるよ、イオちゃん。ここに来れないボスの代わりに、オレがし～っかりおもてなしをしないと、ネ!!」

「はい。社長の態度次第では降格もあり得ます。手続きはこちらでしておきますのでご安心を……」

「チョ⁉　イオちゃ～ん⁉」

アドナエルとイオフィエルがやかましい。

整体師天使たちは白を基調とした正装に身を包んでいる。カシエルさんやヨハエルさんは牧師みたいな格好。他の男性天使も似たような格好なんだけど。

「アシュトくん。天使族（エンジェル）の女の子たちが気になるのかな～♪」

「ちち、違いますって‼」

天使族（エンジェル）の女の子たちは、身体のラインがわかるようなピッチリした服だった。

胸を隠す布、腰布、そしてマフラーみたいな襟巻き、サンダルだけ。こんなに露出の多い服、結婚式の時も着てなかったけど。

「うふふ。この服はね、大昔から伝わる女性天使の正装なの♪」

「そ、そうなんですか……？」

なんで男と女でこうも違うのか……すると、空から白い羽がふわりと舞い落ち、俺の頭の上に乗った。

「あら、来たわね♪」

空を見上げると……そこには、『天使』がいた。

純白の翼を広げ、同じく純白の羽衣（はごろも）、肌を持つ超美女が空を飛んでいた。

瞳だけ蒼い。まるで空のような色。

天使族（エンジェル）たちは『天使』の姿に見惚れ、右手を胸に当てて何かを歌い始めた。

天使族(エンジェル)の合唱が響き、『天使』はゆっくりと地上へ……ああ、履物が土で汚れてしまう。そんなことを考えてしまうほど美しかった。

「アーカーシュ」

「ムルシエラゴ。あぁ……ようやく、ようやく会えた……っ」

天龍アーカーシュ様は、シエラ様に抱きつく。

シエラ様も優しくアーカーシュ様を抱きしめ……

「はぁ、はぁ、はぁ……む、ムルシエラゴ、いい匂い……すーはーすーはー……はぁぁぁんっ!!」

アーカーシュ様は、ガクガク震えて崩れ落ちた……は？　なにこれ？

「あらー♪　また達しちゃったみたいねぇ♪」

「あ、あの、シエラ様……そちらの方は、天龍アーカーシュ様で？」

「そうよ？　この子、女の子の匂いが大好きな変態さんなの♪」

衝撃の事実に凍り付く天使族(エンジェル)たち。さすがのアドナエルも声が出ないようだ。

シエラ様の話はまだ終わらない。

「天使族(エンジェル)の女の子たちの正装も、アーカーシュの趣味全開の服だしねぇ？」

「「「え」」」

「うふふ。可愛い女の子たちがエッチな格好してるのを見るのが好きなのよ、この子」

シエラ様は、鼻血を出してウヘウヘ言ってるアーカーシュ様を抱き寄せる。

こんな美女が鼻血を出してる姿を見て、俺はなんとも言えない気持ちになった。

「ん……あ、あんた!!　ムルシエラゴが夢中になってる人間ね!!」

「うおっ……は、はい」

「くぅぅ～……!!　あんた、ムルシエラゴにどんなことされたの!?　おっぱい触った!?　ま、まさか……孕(はら)ま」

次の瞬間、シエラ様のゲンコツが炸裂(さくれつ)。アーカーシュ様は顔面から地面にダイブし、大きな揺れとともに地面に大きな亀裂が入った。

「みんなごめんねぇ～♪　この子、ちょっと疲れてるみたい。悪いけど、部屋まで運んでくれるかな♪」

「「「「は、はいっ!!」」」」

こうして、アーカーシュ様は天使たちに運ばれていった。

天龍アーカーシュ様……女の子好きの変態だった。

なんかイメージが崩れていく……

なんかもう疲れた……でも、次で最後。
最後は、『虹龍アルカンシエル』様。この世界に『色彩』をもたらしたお方だ。
さて、どんなお方かな。

「へぇ、あんたがアシュトね。ムルシエラゴが持ち上げるからどんなやつかと思えば……冴えないガキね」

「……………」

「ま、別にいいわ。ムルシエラゴに呼ばれてきてやったんだから、せいいっぱいもてなしなさい。お酒、あと飴玉(あめだま)をいっぱい用意しなさいね」

「……………」

「ちょっと聞いてんの⁉」

「あ、はい」

目の前に現れたのは、十歳くらいの幼女だった。

七色に染めた髪をツインテールにして、可愛いフリフリの服を着ている。顔はすっごく可愛らしい。愛くるしさがあった。

この子が、虹龍アルカンシエル……様？

「アルカンシエルちゃん♪」

「ムルシエラゴ。こいつがあんたの眷属？　なーんかパッとしないわね」

「うふふ。こう見えて頼りになるのよ？　アルカンシエルちゃんも契約したら？」

「やーよ。つーかあんたの眷属じゃん。っと、それより、飴玉はあるの？」

「飴……そういえば、飴ってこの村にないな」

ふと思った。お菓子やケーキはいっぱいあるけど、飴玉はない。

そうか、飴か……果物もいっぱいあるし、作れるかも。

「ちょっと!!　飴玉ないの!?」

「す、すみません。飴はないですけど、ケーキならあります。クッキーとか、パイとかありますよ」

「ケーキ!!　マジで!?　やったやった!!　ムルシエラゴ、はやく行くわよっ!!」

「はいはい。じゃ、アシュトくん、みんな揃ったから行きましょう♪」

ようやく全員揃った……これで宴会が始められるな。

神話七龍の宴、俺も忙しくなりそうだ。

厨房は、慌ただしく動いていた。

肉を焼き、魚を捌き、酒を準備し、ケーキを作りと大忙し。中にはミュディやクララベルも交じって一緒に料理をしている。神話七龍の皆様には、第二宴会場へ移動してもらう。もちろん案内は俺だ。

「皆様。どうぞこちらへ……緑龍の村で最高の宴会場となっております」

「おうおう。緑龍の村ってムルシエラゴの名前が由来かよ？　かかかっ、愛されてんじゃねぇか、なぁムルシエラゴ!!」

「ふふ。アシュトくんと私は愛し合ってるからね♪」

「ふぉっふぉっふぉっ。ムルシエラゴ、嬉しそうだねぇ」

「ははは……っっぶふっ!? げぇぇーっほげっほ!! ああ、せ、洗面器を用意してくれたのか……じゅ、準備がいいね……っげっふぉ!?」

「ちょっ!? ニュクス汚い!! 私とムルシエラゴに血をかけたらマジで怒るからね!! かけるなら他の連中にしなさいよ!!」

「アーカーシュ。さりげなく私を押すのはやめなさい。まったく……ニュクス、私の知識をもってしても、あなたの吐血を止めることはできない……残念です」

「あんたらうるさい。さっさと座りなさいよ」

この世界を作った伝説の七龍が、ゾロゾロと宴会場に入り、豪華なお膳の前に着席する。

アマツミカボシ様の体型が心配だったけど、椅子ではなくミュディの作った座布団だったので問題ない。

お膳には、銀猫渾身の料理がズラリと並んでいる。サシミや小鉢、村で収穫した野菜などだ。メインは温かいもので、これから運んでくる。

七人は同列の存在なので上座はない。向かい合わせに七人座っている。

「ほぉ、立派な装飾だな」

と、ヴォルカヌス様が宴会場の内装を褒めてくれた。

エルダードワーフが凝った装飾をしてくれた内装だ。

「乾杯のお酒は、この緑龍の村で収穫したセントウ酒です」

俺は、ヴォルカヌス様から順にセントウ酒を注ぐ。

「おう、ありがとよ」

次に、アマツミカボシ様。

「ほぉぉ～、おいしそうだねぇ」

次に、ニュクス様。

「ふぅ……お腹の中の血を吐き切ったから、美味しく食事ができるよ」

次に、アーカーシュ様。

「セントウ……ムルシエラゴのお酒よね？」

「えっと、シエラ様からもらった苗木で育てたものですので、そうかと」

「つまり、これはムルシエラゴそのもの、ってことね？」

「……そ、それはどうかと」

「あぁん!?　あんた、ムルシエラゴの眷属のくせにムルシエラゴの果実を――」

「アーカーシュ♪　それ以上騒ぐと出入り禁止よ～♪」

「はーい♪　悪かったわね」

次に、ジーニアス様。

「ありがとうございます。仙桃（せんとう）でしたか……ムルシエラゴのお気に入りの果実でしたね」

次に、アルカンシエル様……って。

「あの、お酒は飲めるんですか？」

「……なにあんた。あたしを、この『虹龍アルカンシエル』をバカにしてんの？　あんたみたいな数年しか生きてないヒヨッコが」

「アルカンシエルちゃん？」

「……まぁいいわ。ほら、さっさとお酌しなさいよ」

「は、はい」

最後に、シエラ様。

「アシュトくん。お疲れ様♪」

「い、いえ……」

「ふふ。アシュトくんも一緒に飲みましょう♪」

「い、いや。俺はおもてなしをするので」

全員に酒が行き渡った。乾杯だけど、こういうのって誰が音頭を取るんだ？　主催者としてはシエラ様だけど。

すると、七龍のみなさんの視線がなぜか俺に集中した。

「おいアシュト、さっさと乾杯の音頭を取れよ」

「え、お、俺がですか？」

「あたりめーだろ」

あ、当たり前なのか？

シエラ様を見るとにっこり笑ってる。そして、人差し指をピンと立てると、部屋の隅に置いておいた予備のコップがふわ〜っと俺の手元へ。

ヴォルカヌス様がニヤリと笑い、セントウ酒の瓶を掴んだ。

「ほれ、アシュト」

「あ……い、いただきます」

断れるはずもなくセントウ酒を注いでもらう。

こうして、神話七龍の宴の乾杯の音頭を、なぜか俺が務めさせていただくことに。

コップを持って立ち上がる。

「え、えー……僭越ながら乾杯の音頭を」

「ちょっと、面倒な話はいいからさっさとしなさいよ」

アーカーシュ様に怒られた。俺はコップを掲げ、緊張全開で叫ぶ。

「か、かんぱいっ……!!」と俺。

「おう」とヴォルカヌス様。

「かぁんぱ〜い」とアマツミカボシ様。

「か、かんぱ……っげっほ!!」とニュクス様。

「ムルシエラゴにかんぱーい!!」とアーカーシュ様。

「乾杯」とジーニアス様。

「乾杯っ!!　ケーキ、ケーキ持ってきなさいよ!!」とアルカンシエル様。

「うふふ、かんぱ〜い♪」とシエラ様。

神話七龍の宴が始まった。

俺の仕事は、お酌だった。

料理は銀猫たちが運んでくれる。バルギルドさんたちが獲った肉を豪快に焼いたステーキ、焼き魚、モツと野菜の煮込みなど、どれも美味しそうなものばかり。

ヴォルカヌス様は、やはり酒をよく飲む。

「ほぉ〜、この清酒とやらはなかなか……そういや昔、こんな酒があったような」

「これはうちのハイエルフが造ったお酒です。以前、リザード族との抗争に助っ人としていったんですけど、そこの組長からもらったんです」

「抗争!!　いいねぇ〜……バシリスク族と闘り合ったんだって？　グラッドの奴から聞いたけどよ、アシュト、おめー大活躍だったそうじゃねぇか」

「あ、あはは……そんな、俺なんて大したこと」

ヴォルカヌス様に付き合い、清酒を少し飲む。

やっぱりエルミナの清酒は美味しい。酒精が強いからすぐに酔っちゃいそうだけど。

「ニュクスぅ、きみも相変わらずだねぇ。やっぱり暗いところが好きなのかいぃ？」

「アマツミカボシ……まぁそうだね。ボクは夜の化身だから、明るいところはどうもね……それに、お腹に血が溜まっちゃうのが辛い」

「あははぁ。じゃあさ、ぼくのところに来ないかい？　深海なら光が届かないし、血を吐いても海の中だから問題ないしぃ。それに、ぼくもきみがいると退屈しないよぉ」

「アマツミカボシ……うん。じゃあ、今度お邪魔させてもらおうかな……っぐ、お腹の調子が……」

「おぉぉ、はい洗面器」

「あ、ありがぶっふぉっ!?」

アマツミカボシ様とニュクス様、仲いいな。

いつの間にか、ニュクス様の深海行きが決まっていた。マーメイド族、すごく驚きそうな気がする。

「ねぇムルシエラゴ、このお酒美味しいわ!!」

「でしょ？　アシュトくんの村で造ったワインなの」

「むぅぅ……ムルシエラゴ、アシュトアシュトって、アシュトばっかり!!　私を見て、私を感じて、私を抱いてよぉぉっ!!」

「い・や♪」

「はぅぅぅぅっ……っく、ムルシエラゴ、やっぱり好きぃぃぃぃっ!!」

「あーもうアーカーシュうるさいっ!!　あたしの隣でピーピーやかましいのよっ!!」

「は……？　なによアルカンシエル、私とムルシエラゴの甘い時間を邪魔すんの？」

「甘い時間？　はっ、ムルシエラゴがあんたを相手すると思ってんの？　こいつはアシュトアシュトって眷属のことばっかじゃん。つーかあんた、自分の眷属はどーしたのよ？」

「ミカエルちゃんはちゃーんと頑張ってるわ!!　どんなプレイにも応(こた)えてくれるし、恥ずかしいカッコさせて赤面させるのチョー楽しいしっ!!　そういうあなたは？　眷属の一つも作らないお子様ちゃん？」

「は？　なにあんた、喧嘩売ってんの？」

「はぁ？　ガキのくせに『天龍』に喧嘩を売ったのはあんたでしょ？」

「あ？」

「あぁ？」

「はいは～い。二人ともやめなさい。美味しいお酒にケーキでも♪」

「はごっ!?」

「ぶふぁっ!?」

一触即発の空気だったアーカーシュ様とアルカンシエル様。

シエラ様が二人の口に、ケーキとワインボトルを突っ込んだ。

女性同士じゃれあっている姿は微笑ましい……のか？　神話七龍が喧嘩なんかしたら、緑龍の村は一瞬で消えてしまいそうな気がする。

俺はジーニアス様にお酌する。

「どうぞ。村で造ったワインです」

「ありがとうございます。お酒もですが、料理も素晴らしいですね」

「あ、ありがとうございます。褒められると嬉しいです」

「ふふ、ムルシエラゴの眷属というのは伊達ではありませんね」

「いえ……その、ジーニアス様に眷属はいないのですか？　そもそも、眷属ってなんでしょうか？」

「ふむ。では一つ目の質問。私は特定の種族に力を与えてはいません。そうですね……『知識』を生命に伝えることが私の役目ですから」

ジーニアス様はワインを飲み、満足そうに息を吐く。

「ちなみに……私を信奉する国があることはご存じで？」

「え、えっと……」

「ふふ。君の出身であるビッグバロッグ王国、龍人の国ドラゴンロード、蟲人(むしびと)の国インセクティア。人間の国は多くありますね。そして、魔法国家マジックキャッスル。私は、マジックキャッスルで魔法学園講師を務めているのですよ」

「え!?　し、神話七龍が魔法講師!?」

「もちろん、正体は明かしていませんけどね」

ジーニアス様に追加のワインを注ぐ。

「二つ目の質問ですが、眷属というのは私たち神話七龍が力を与えた種族です」

「力を与えた？」

「まぁ……気に入った種族ですね。アマツミカボシはマーメイド族、アーカーシュは熾天使族(セラフィム)、ニュクスは闇悪魔族(ディアボロス)、ヴォルカヌスはサラマンダー族ですが、少し特殊で、力を与えてはいない『親と子』の関係です。ムルシエラゴは種族というよりあなた個人ですね。アルカンシエルはまだいないようです」

「力を与えたって……種族全体に？」

「種族の長に力を与えれば、その種族は恩恵を得ます」

「へぇ……え？　じゃあ俺は」

「きみは特別です。ムルシエラゴはアシュトくん個人に力を与えた。破格の魔力、圧倒的な魔法、そしてムルシエラゴの一部……ふふ、愛されてますね」

顔が赤くなる。今更ながら、俺はシエラ様に愛されていると思った。

「アシュトくん。きみの人生はまだまだ続く。きみらしく頑張ってください」

「……はい!!」

ジーニアス様はワインボトルを俺に差し出す。

俺はジーニアス様に注いでもらったワインを一気に飲み干した。

宴会は、まだまだ続く。

ワイン樽が二十本以上なくなったが、七龍のみなさんは酔うことなくゲラゲラ笑っている。

この方々、神様みたいな存在なんだよなぁ……『酔う』なんて感覚、あるわけないんだよなぁ。

お酌する俺も、ちょびちょび飲んでるから酔ってきた。

アーカーシュ様が、俺の肩に腕を回す……あの、おっぱい当たってますけど。

「ねぇアシュト。あんた、ムルシエラゴのこと好き？」

「は、はい。その……お、恐れ多いですが、シエラ様には感謝しかありません。この本と杖、シエラ様の一部でできてますので……シエラ様がいつも傍にいるような気がして」

「あぁぁぁぁぁんっ⁉　む、ムルシエラゴの一部ですってえぇぇぇぇぇっ⁉　いいないいないいなぁぁぁぁぁあっ‼　私も欲しいいいぃぃぃぃっ‼」

『緑龍の知識書(ムルシエラゴ・グリモワール)』と『緑龍の杖』を見せると、アーカーシュ様は絶叫した。

血走った目で俺の胸倉を掴んでグラグラ揺らす……あの、酒が入ってるのに揺らされると気持ち悪い。

「……そうだ‼　ちょっと本貸して」

「え、あの」

「いーから‼　んっふふ～……えいっ」

アーカーシュ様は、本に掌を這(は)わせる。すると本の背の一部に白い模様が追加された……な、何をしたんだ？

「はい♪　これで私もこの本を通じてムルシエラゴと繋がった……はぁはぁ、ムルシエラゴを感じてるぅぅぅぅっーっ‼　ぐっへぁっ⁉」

「アーカーシュ……な～にを勝手なことしてるのかなぁ～♪」

アーカーシュ様は、背後に現れたシエラ様に首根っこ掴まれ、そのまま顔面を鷲掴(わしづか)みされた。

当然だが俺は何もできず、見ていることしかできない。

「アシュトくん、その本」

「え、えっと……アーカーシュ様が」

「……ん～、確かにアーカーシュの力を感じるわねぇ」

「ぐへへ……」

アーカーシュ様、顔面掴まれながら笑顔になってる……どんだけシエラ様が好きなんだ。

シエラ様はため息を吐きながら言った。

「ま、いいわ。アシュトくん、本にアーカーシュの力が追加されたから、天使の使う『天魔法』が使えるようになってるはずよ」

「て、天魔法……って？」

「光を自在に操ったりする魔法ね。そうね……アシュトくんが使うとしたら、天気の悪い日に太陽の代わりの光を出すとかかな？」

「おお……それ、いいですね!!」

「ちょちょ、天魔法は太陽光の代わりだけじゃなくって、召喚魔法とか攻撃魔法とか」

「あ、使わないんで大丈夫です。アーカーシュ様、ありがとうございます!!」

「はぁぁぁぁぁっ!?」

こうして、『緑龍の知識書（ムルシエラゴ・グリモワール）』に『天魔法』が追加された!!

シエラ様の言った通り、温室に太陽光とか設置できるかも。もしできれば、冬でも温室を続けられる。こんなに嬉しいコトはない!!

「ん？　なんだアシュト、力が欲しいなら言えよ。美味い酒の礼だ、オレの力も分けてやるよ」

「あぁ、ぼくもいいよぉ。眷属にはできないけど、ちょっと力を分けてあげるぅ」

「じゃ、じゃあ……私も、っごふぉっ!?　うぅ、洗面器をくれぇ……」

「では、私も便乗しましょうかね」

ヴォルカヌス様、アマツミカボシ様、ニュクス様、ジーニアス様が本に触れる。すると、本の背の部分に赤、青、黒、灰色の縦線が入った。

「あ～っ!?　もう!!　私のアシュトくんに勝手なことしないでよっ!!」

「かっかっか。まぁいいじゃねぇか」

「うんうん。ぼくもこの子が気に入ったしねぇ」

「はぁ、はぁ……せ、洗面器のお礼、さ。っぐっふ」

「彼とはこの先も縁がありそうですので」

「もう!!」

シエラ様、腰に手を当ててプンプン怒ってる。

『緑龍の知識書（ムルシエラゴ・グリモワール）』に複数の属性が追加された……この本、神話七龍の恩恵をモロに受けたってことか？　かなりやばくね？

シエラ様はアルカンシエル様を見る。

「ま、あたしもやっていいかな……つーかあんたら、一人の人間にこんな力与えてまずくないの？　その気になればこの世界が滅びちゃうかもよ？」

「「「「アシュト（くん）なら大丈夫（だよ）（でしょう）（だろうよ）」」」」

「なっ、そ、そんな口を揃えなくてもいいっつの!!」

シエラ様、ヴォルカヌス様、アマツミカボシ様、ニュクス様、ジーニアス様が揃って言う。世界を滅ぼす気はまったくないが、こうも評価されるとくすぐったい。

「ほら、本貸しなさい。このあたしが力を注いでやるっていうんだから、感謝しなさいよ」

「ど、どうも」

アルカンシエル様が本に触れると、本の背の部分に虹色の縦線が入った。

これで『緑龍の知識書（ムルシエラゴ・グリモワール）』に六色の縦線が入った。神話七龍の恩恵を受けたトンデモ本が俺の手にある。

「はぁ〜あ。私とムルシエラゴだけでよかったのにぃ」

「かっかっか。つーか、この本がムルシエラゴってわけじゃねぇだろうが」

「やかましい。ヴォルカヌス、あんたの暑苦しい力が私にまで伝わってくるわ……」

アーカーシュ様とヴォルカヌス様の力、俺も感じる。

本が重くなったような気がした。よーし、あとでじっくり読んでみよう。

「さ、お酒はまだあるわ。みんなでもう一度乾杯しましょ〜♪」

シエラ様が仕切り直し、俺はみなさんのグラスに酒を注いだ。


宴会は朝まで続いた。

当然だが、七龍のみなさんは寝ずに大騒ぎ。俺は酔い潰れ、いつの間にか気を失ってしまった。

目が覚めると誰もいなかった。飲食の跡すら消えていた。おいおい、片付けまでしたのか……？

慌てて外へ出ると、七龍のみなさんが揃って喋っていた。俺は慌てて頭を下げる。

「も、申し訳ありません!!　俺、寝てたみたいで……」

「ンなもん気にすんな。それより、ちょうどお前のこと話してたんだよ」

ヴォルカヌス様が言う。神話七龍の皆さんが俺を見て、アマツミカボシ様が言った。

「宴会も終わったしぃ、酔い覚ましにお散歩することにしてねぇ。アシュトくんも連れていこうって、みんなで話してたのさぁ」

「グフゥッ!?　ゲホゲホ……ふぅぅ、ようやく落ち着いてきた。というわけで、一緒に行かないかい？　きみもだいぶ飲んでいたし、気分転換は必要だろう？」

ニュクス様が言い、俺に手を差し出す。

「えっと……じゃあ、せっかくなので」

「決まりですね」

ジーニアス様がにこやかに頷いた。

「あぁん。私はムルシエラゴと二人でデートしたいのにぃ」

「うっさい。あんた一人で行きなさいよ」

「あぁぁぁぁん!?　このガキ、デザートにして食っちゃおうかしら!?」

「できるならやってみなさいよ。あたしが逆に食ってやるわ!!」

「はいそこ喧嘩しな～い♪」

シエラ様に肩を掴まれ、アーカーシュ様とアルカンシエル様はビクッと震えた。

そして、シエラ様が俺に言う。

「ね、せっかくだし、変身して行きましょうか～♪」

そう言い、シエラ様が変身。緑色の首が長い立派なドラゴンに変身した。

『さ、アシュトくん。私の背に乗ってね』

「は、はい」

シエラ様の背中によじ登ると、他の六人も変身した。

『うーん、オメーらと飛ぶのは久しぶりだなぁ？』

ヴォルカヌス様。真紅の巨大龍だ。以前会った、ローレライとクララベルの叔父さんである、ウェルシュドラン様によく似ている。

『そうだねぇ。こうやってみんな揃うの、いつぶりだろうねぇ？』

アマツミカボシ様。ドラゴンというよりは、巨大なカエルみたいな姿だ。

青い表皮の、巨大なカエル。背中には小さい翼が生えているのが、ドラゴンっぽい。

『私ですら観測できない、遥か昔ですね……ふふ、そう考えると、楽しいですね』

ジーニアス様。こちらは二足歩行の、スタイリッシュな人型のドラゴンだ。顔つきはドラゴンだけど、身体は細く手足は長い、背中には立派な翼と尻尾が生えた、灰色のドラゴンだ。

『どうでもいいし!!　ちなみに私、ムルシエラゴと飛んだ日は全部覚えているわ!!』

アーカーシュ様は、十二枚の翼がある黄金のドラゴンだ。すっごいな……外見はキラキラした、オーソドックスなドラゴンだけど、輝きが段違い。背中の翼が、天使のような翼だ。

『うぅ、アーカーシュ……眩しいよ』

ニュクス様。ドラゴンというよりはヘビだ。真っ黒な、表皮が透き通った蛇。よく見ると、表皮の下にある骨が見えている。直視するのかなり怖いな。

『ニュクス、吐いたらマジでブッ叩くからね』

アルカンシエル様。なんか……ぬいぐるみみたいで可愛いな。カラフルな、愛くるしいデザインのドラゴン。大きさも一番小さいし、どこか子供っぽい。デフォルメしてぬいぐるみを作れば売れそうだ。

『さて、ではしゅっぱ～つ!!』

「あれ？　あの、そういえばどこに……」

『ふふ。それは、着いてからのお楽しみ♪』

神話七龍たちは、大空に向かって飛んだ。

さて、どこに向かうのかというと。
『さて!!　おもてなしをしてくれたアシュトくんのために、オーベルシュタインの秘境を巡っちゃいま～す』
「え、ひ、秘境……ですか？」
『ええ。私たち神話七龍はね、普段は人前に出ないで、静かなところでの～んびりしてるの。ジーニアスみたいな子は例外だけどね』

『フフ。人間を相手に教鞭を振るうのも楽しいですよ？』

ジーニアス様がシエラ様の隣に並んで言う。

すると、アマツミカボシ様がシエラ様の前に出て、くるっと向きを変えた。

『じゃあ最初に、ぼくの秘境に行こうか。ここから近いし、と～っても綺麗なところだよ』

アマツミカボシ様……大きなカエル姿だけど、なんか可愛く見えてきた。小さな翼がパタパタ動いているし、まんまるの身体が空中でくるくる回転するのも愛らしいかも。

『じゃ、行くよ～』

「えっ」

そんな風に思っていたら――急降下。

とんでもない速度で落下を始めた。

「ぬぉぉぉぉぉぉぉぉぉぉぉぉぉぉぉぁぁぁぁぁぁ――ッ!?」

『ちょっと、うるさいわよ』

アルカンシエル様が言うが無理。クララベルの背中に乗って急降下した時とわけが違う。

そのままシエラ様は海面へ激突した。

「つぎゃぁぁぁ……あ、あれ？」

だが、衝撃がない。身体も濡れていないし、不思議な感覚だった。

目を開けると……そこは、とても透き通った海だった。

カラフルな魚が群れで泳ぎ、ゴツゴツした岩場には貝がたくさんくっ付いている。底まで行くと、サラサラの砂浜の上をカニが群れで競争したり、大きなサンゴが森のように広がっていた。

「おお……って、あれ？　濡れてないし、息もできる……」

ふと、『緑龍の知識書（ムルシエラゴ・グリモワール）』が青く輝いているのに気付いた。どうやらこの本に注がれたアマツミカボシ様の力が、俺を守っているようだ。

周りを見ると、神話七龍の皆様も泳いでいる。

『ふぃぃ……アマツミカボシよぉ、ここいいな!!　火照（ほて）った身体を冷ますのに丁度いいぜ』

『美しい……ここでなら、静かに読書できそうです』

『綺麗だけど、もう少し暗い場所がいいね……そこの岩陰とかさ』

『ふふん。美しい私にピッタリの場所ね。気に入ったわ!!』

『うっざ。アマツミカボシ、アーカーシュ出入り禁止にした方がいいよ』

と、皆さんも満足そうだ。

『ふふふ。そういえばみんな、ここに来るの初めてよねぇ』

シエラ様が長い首を伸ばし、みんなに言う。

すると、ヴォルカヌス様がゲラゲラ笑った。

『かっかっか!!　いい感じに身体が冷えたところで、オレのお気に入りに案内してやる。お前ら全員、焼け死なねぇよう気合い入れてけよ!!』

滅茶苦茶行きたくない……とは、口が裂けても言えそうにない。

海から一気に上昇して再び空中へ。

七体のドラゴンが優雅に泳ぐ姿は壮観だし、無限に近い俺の人生でもたぶんこれきりだと言えるくらい素晴らしい光景なんだけど……これから向かう場所が気になりすぎる。というか、嫌な予感。

『あそこだ!!』

「げっ……」

見えたのは、大地の亀裂。

かなり大きな亀裂で、なぜが熱気を感じる。すると『緑龍の知識書（ムルシエラゴ・グリモワール）』が赤く輝き、俺を包む。

『じゃあ行くぜ!!』

「や、やっぱり……ッッ」

俺は目を閉じ、シエラ様に掴まった。そして始まる急降下……今度は耐えたぜ。

『おい、目ぇ開けろアシュト』

「………は、はい」

ゆっくり目を開けると……そこは、ドロドロした液体がそこら中で流れる場所だった。

赤。というか……黄色に近い。ドロドロした液体が、川のように流れ、壁からも大量に吹き出している。

ここは空間になっており、中心には真っ黄色な液体がグツグツボコボコと煮えていた。

「な、なんだ……これ」

『これが溶岩。マグマよ。こいつに浸かってのんびりするのが、オレの楽しみなのさ』

すると、ジーニアス様が言う。

『推定、数千万度……ヘタをしたら億単位まで行きますね。おそらく、ヴォルカヌスがこのマグマに浸かることで、マグマが変質してこの温度になったのかと思われます。我々神話七龍以外の生物が触れたら、骨すら残らないでしょうね』

怖すぎるだろ。俺は一刻も早くここから逃げたかった。

『あっつい!!　もう、アンタと同じで暑苦しい!!　もうここいいわ。次行くわよ次!!』

『同感……もう来たくないわー』

この時初めて、アーカーシュ様とアルカンシエル様が天使に見えた。俺は激しく頷いて同意する。

すると、ニュクス様が言う。

『じゃあ次は、ボクのお気に入りの場所へ……きっと気に入るよ』

ニュクス様は、マグマの上で蜷局（とぐろ）巻いてボソッと言った。

再び急上昇し、空の旅……あとで気付いたことだが、上空ではかなりの速度が出ているらしい。

怖くて目を閉じたりしてたから気付かない。

『さ、見えたよ』

見えたのは、黒い森だった。

葉も、枝も、幹も、全てが黒い森だ。周りの木々は緑色なのに、あそこだけ黒い。

今度はゆっくりと降り、森の中心に着地——した瞬間、俺はおかしくなりそうだった。

「な、なんだここ……く、黒い。光が、ない。なんだ、これ……」

黒。闇。そんな言葉しかない、異様な空間だった。

上下左右全てが黒。自分が立っているのかも浮いているのかもわからない。光がない。完全な闇。

「う、ぐぅぅ……き、気分が、悪くなって……」

『ほら、シャンとなさい』

本が黄金に輝くと、俺の身体が光に包まれ、気分が良くなった。

『フフフ……すっごくいいところだろう？　光がない世界。ボクの闇。ふふ、フフフ……』

「………」

ヴォルカヌス様とは違った意味で、恐ろしい場所だった。いやこれのどこが秘境？　気がおかしくなりそうだ。

ニュクス様は蜷局（とぐろ）を巻き、のんびりと頭を横にして舌をシュルシュル出している……リラックスしてるなあ。

『ここ嫌。移動するわよ』

『同感!!　光のない世界とか、アタシに喧嘩売ってるのかしら!!』

アルカンシエル様とアーカーシュ様がそう言うと、ニュクス様はちょっとしょんぼりしていた。

意外に息ピッタリな二人。もしかして仲良しなんじゃないか？

次に向かったのは、上空のさらに上空……雲を超えた先の、さらに先。

シエラ様の隣にアーカーシュ様が並び、尻尾をブンブン振って言う。

『うっふふぅん♪　いつでもムルシエラゴを迎えられるように、愛の巣の準備はバッチリなの!!』

『それは嬉しいわねぇ～』

『うんうん!!　他の連中を入れるのはぶっちゃけ嫌だけど、さぁどうぞ!!』

この人、わりと滅茶苦茶（めちゃくちゃ）だな……ほんと、シエラ様のこと好きなんだね。

到着したのは、空に浮かぶ巨大な『岩』だった。

「な、なんだこれ……!?」

驚愕する俺。空に浮かぶ岩とか初めて見た。

やたら平べったい岩に、真っ白な宮殿のような建物が見える。木々が植えられ、岩場があり、川が流れていた。なんというか……別荘みたいだな。

ドラゴン用なのか、フカフカした綿みたいな場所に着地すると、アーカーシュ様はゴロゴロ転がった。

『ここ、す～っごく気持ちいいでしょ？　エンゼルコットンっていう植物をいっぱい植えて、この姿のままゴロゴロできるようにしたのよ？　ささ、ムルシエラゴも』

『確かに、これは気持ちいいわね～』

『むず痒い。オレの好みじゃねぇな。焼き尽くせば少しは熱くなれるだろ』

『ぼくも好きじゃないなぁ～……もうちょい湿り気が欲しい～』

『私も、あまり好みではないですね』

『……ボクもあまり。というか、明るいよここ……』

『あたしはけっこう好きかも』

シエラ様とアルカンシエル様以外はお気に召さないようだ。だが、シエラ様が気に入っているので、アーカーシュ様は他の意見はどうでもいいらしい。

『ね、ムルシエラゴぉ～……これ終わったらさ、しばらくここに住まない？　めいっぱいおもてなしするからぁ～……ね？』

『そうねぇ～……ふふ、やめておくわぁ』

『えぇぇ～……がっくり』

アーカーシュ様はがっくり項垂れたが、シエラ様がこそっと耳打ちする。

『遊びには来るから、ね？』

『!!　――うん!!』

アーカーシュ様は嬉しそうにゴロゴロ転がっていた。うーん、なんだか可愛いかも。

さて、上空からゆっくりと下降し、アルカンシエル様が案内してくれた場所は。

『ここ、あたしだけの秘密の場所だけど……ムルシエラゴが言うから、特別ね』

「は、はい」

到着したのは、とんでもなく巨大な岩石地帯の中心だ。緑龍の村から相当離れているし、方角も全然わからないけど……こんな場所があったのか。

岩石地帯の中心に大きな穴があり、そこに降りていく。

さすがに下降に慣れたのでずっと目を開けていたが……驚いた。

「うわぁ……」

岩石地帯の中心。普通に考えたらゴツゴツした岩石しかないと思う。だが……今、この場所は違う。

辺り一面が、綺麗で透き通った岩石に囲まれていた。キラキラと虹色に輝き、俺たちの姿が四方八方に移り込む。すごい……この鉱石、まさか。

「ジーニアス様、この鉱石はもしかして……セブンスタライトですか？」

『その通りです。光を浴びると虹色に輝く鉱石。人間界には、子供の握り拳程度の大きさしか存在しません。指先ほどの大きさで、城が一つ建てられます。ふふ、よくご存じでしたね』

ジーニアス様は、顎に手を当てて嬉しそうに言う。

「以前、鉱石関係の本を読んで、そこに記述されていたのを覚えてて」

『欲しいならあげる。はい』

なんと、アルカンシエル様が近くの鉱石を砕き、尻尾に絡めて俺に差し出してきた。

恐る恐る受け取る……うわ、軽い。投げたら浮き上がりそうだ。

「い、いいんですか？」

『見りゃわかるでしょ。いくらでもあるからそれくらい問題ないし』

「あ、ありがとうございます」

『ん。次、村に来た時はちゃんと飴用意しておきなさいよ』

「は、はい!!」

よし、ミュディとクラベルにお願いして、飴をいっぱい用意してもらうことにしよう。

さて、最後にやって来たのは……人間の国だった。
国というか、町。いや……村かな。
神話七龍の皆さんは人間に戻り、村の入口にいた。

「おいジーニアス、なんだここは？」

「あなたには縁のない場所ですよ、ヴォルカヌス」

「がっはっはっは!!　違いねぇ!!」

いや今の怒るとこじゃ……まぁいいけど。

ニュクス様とアマツミカボシ様が、同時に同じ角度に首を傾げる。

「で、ここは何だい？」

「う～ん……のどかな村だねぇ」

「ふふ……アシュトくんなら、絶対に気に入ると思いますよ。さ、中へ」

「は、はい」

ジーニアス様に肩を押され、村の中へ。神話七龍の皆さんも着いてくる。

「…………あれ？」

不思議な場所だった。民家が三十軒くらいの、小さな村だ。

村の中心に川が流れ、道も綺麗に整備されてて……あれ？

「ねぇジーニアス。ここ、おかしいわ。農村っぽいのに、畑がないわ。しかも、どの家も農具すらないし……それに、家畜の匂いもしないわね」

アーカーシュ様が言う。それ、俺も同じことを思っていた。

「ジーニアス様、この匂いって……」

俺は気付いた。村に漂う香り……これは、インクの香りだ。

民家も、ただの民家じゃない。ここにある民家は全て……古本屋だ!!

「まさか、ここ……ふ、古本屋の村ですか!?」

「正解です」

よく見ると、民家の前には全て小さな看板があり、『古書』と書かれている。

全ての民家が古本屋だ。さらに、村の中心には読書スペースが設けられており、いろんな人が読書をしている。

「ここは、古本の村です。この村に住む住人たちは皆、元は旅人でして。世界中で見つけた本を売っているのですよ。最初は数軒だけでしたが、少しずつ、少しずつ、読書家の旅人たちが落ち着くための場所となり、いつしか村となったのです」

「す、すごい……」

古本屋を覗くと、獣人だったり、翼の生えた人だったり、悪魔族（デヴィル）だったり天使族（エンジェル）だったりと、いろんな種族の人たちが経営しているようだ。読書家に種族は関係ないんだな。

「ここが、私の憩（いこ）いの場所です。学園が休日になると、よくここで読書をしています」

「いい場所ですね。すごく気に入りました!!」

海底とか、闇とか、マグマとか、空とか、鉱石に囲まれた場所じゃない。こういう知的な場所、俺すっごい好きかも!!

「なーんかオレらん時と反応違うなぁ？　がっはっは!!」

「アシュトくんは勉強好きらしいからねぇ～」

「う、薄暗い場所じゃダメなのかい……？」

「きぃぃ!!　なんかムカつく!!」

「むぅ……あたしの場所のが絶対いいに決まってるし」

すみません神話七龍の皆さん……俺、ここが一番好きです。

さて、このまま読書したいけど……最後、シエラ様が残っている。

「ふふ♪　私のお気に入り、行きましょっか」

本の村から出て、再び変身して上空へ。

シエラ様お気に入りの場所か……一体、どんなところだろう？

しばし、上空を飛んでいると、妙な懐かしさを感じた。

「あれ？」

『そろそろ到着よ～♪』

見覚えのある道、木々の並び、そして……開拓された、村が見えた。

そう、ここは……緑龍の村。

俺たちは、帰って来た。

村の入口で、皆さんは人間へ戻る。

「あの、シエラ様……ここは」

「ふふ。ここは私の一番のお気に入りの場所。私の大好きな子が、一生懸命作った場所よ♪」

「シエラ様……」

シエラ様は、俺の頭を撫でてにっこり笑う。

「アシュトくん。みんなのお気に入りの場所を巡ってどうだった？」

俺は振り返る。そこには、この世界を創りし、偉大なる神話七龍の皆さんがいた。

「驚きました。死ぬかとも思いましたけど……この世界の広さを、改めて知れました。皆さん、本当にありがとうございました」

一礼すると、アーカーシュ様が近くに来て俺の背中をバシッと叩いた。

「うんうん。その心がけは気に入ったわ。助けが欲しい時は呼びなさい。この天龍アーカーシュ様が助けてあげる!!　お礼はムルシエラゴからもらうから気にしなくていいわよ!!」

「え、えっと」

「バカはほっといていい。飴玉用意しておきなさいよ」

「あ、はい」

「あぁん!?　誰が馬鹿だってこのガキ!!」

「うっさい。ってかガキじゃないし!!」

顔を突き合わせて険悪になる二人。ヴォルカヌス様はゲラゲラ笑い、ニュクス様は腹を押さえてプルプルし、アマツミカボシ様は海水のコップをグビグビ飲む。ジーニアス様は眼鏡をくいっと上げて苦笑していた。

「ありがとうね、アシュトくん。と～っても楽しかったわ♪」

笑顔のシエラ様が、俺の頬にそっとキスをしてくれた。

ちょっと照れ臭かったが、俺は嬉しくなり、シエラ様に向かって微笑んだ。

秘境巡りが終わり、いよいよ七龍の皆さんとお別れになる。

「さぁ～て。美味いメシに美味い酒のあとは、やっぱ熱ぅ～い風呂だな!!　じゃあなアシュト。オレぁまたマグマでひとっ風呂浴びるからよ、息子たちをよろしく頼むぜ!!」

ヴォルカヌス様はゲラゲラ笑いながら去っていった。

「アシュトくん。ぼくたちも海底に帰ることにするよぉ。なにかあったらマーメイドたちに言ってね。できることなら力になるから」

「僭越ながら、私も……はは、この体質が治ればいくらでも力を貸してあげるのに……げぇぇっほげっほ!!　うぅ……お腹がいたいぃ……」

アマツミカボシ様とニュクス様も、仲良く帰っていった。

「では、私もここで失礼させていただきます。アシュトくん、機会があればぜひマジックキャッスル王国へ。私の授業をぜひ聞いてください」

ジーニアス様は最後まで煌（きら）びやかに帰っていった……

「……ま、ムルシエラゴが好きな子なら、私も好きになってあげる。何かあったら天使たちに言いなさい。ムルシエラゴのためになることなら、力になってあげるわ」

アーカーシュ様は、シエラ様に抱きついて胸を揉みしだき、ぶん殴られた。帰るというか吹っ飛んで空に消えていった……なんとも強烈な人だった。

「このケーキ、気に入ったわ。ヒマな時に遊びに来るから、おやついっぱい用意しておきなさいね!!」

アルカンシエル様はウキウキ気分で去っていった。これからおやつは多めに用意しておこう。

最後、シエラ様と俺が残った。

「アシュトくん。本当にありがとうね。みんなとっても楽しかったみたい」

「……はい。というか、みなさん強烈な人ばかりで」

「ふふ♪　お疲れ様。アシュトくん、ゆっくり休んでね」

「はい……さすがに疲れました」

苦笑して背伸び……肩もバキバキだし、お腹もちょっと重い。胃が荒れてるみたいだし、あとで薬膳スープでも作って飲もう……って。

「…………はは、相変わらずだな」

少し目を離した隙に、シエラ様は消えていた。

神話七龍の宴会は終わった。なんだか、夢を見ていたようだ。

でも、不思議と予感はあった。

第二回・神話七龍の宴会……場所はきっと、この村だ。

余りモノ異世界人の自由生活

勇者じゃないので勝手にやらせてもらいます

1~5

[著] 藤森フクロウ Fuzimori Fukurou

幼女女神の押しつけギフトで快適！

辺境ソロ生活！

1~5巻好評発売中！

●各定価：1320円（10%税込）

●Illustration：万冬しま

勇者召喚に巻き込まれて異世界転移した元サラリーマンの相良真一（シン）。彼が転移した先は異世界人の優れた能力を搾取するトンデモ国家だった。危険を感じたシンは早々に国外脱出を敢行し、他国の山村でスローライフをスタートする。そんなある日。彼は領主屋敷の離れに幽閉されている貴人と知り合う。これが頭がお花畑の困った王子様で、何故か懐かれてしまったシンはさあ大変。駄犬王子のお世話に奔走する羽目に!?

待望のコミカライズ好評発売中！

●定価：748円（10%税込）

●漫画：村松麻由

趣味を極めて自由に生きろ！ 1・2

ただし、神々は愛し子に異世界改革をお望みです

紫南 Shinan

趣味にしては凝り性すぎる モノ作りで 異世界ライフを楽しもう！

魔法が衰退し、魔導具の補助なしでは扱えない世界。公爵家の第二夫人の子——美少年フィルズは、モノ作りを楽しむ日々を送っていた。

前世での彼の趣味は、パズルやプラモデル、プログラミング。今世もその工作趣味を生かして、自作魔導具をコツコツ発明！　公爵家内では冷遇され続けるもまったく気にせず、凄腕冒険者として稼ぎながら、自分の趣味を充実させていく。

そんな中、神々に呼び出された彼は、地球の知識を異世界に広めるというちょっとめんどくさい使命を与えられ——？

魔法を使った電波時計！　イースト菌からパン作り！　凝り性少年フィルズが、趣味を極めて異世界を改革する！

◉各定価：1320円（10％税込）◉Illustration：星らすく

この作品に対する皆様のご意見・ご感想をお待ちしております。

おハガキ・お手紙は以下の宛先にお送りください。

【宛先】

〒150-6008 東京都渋谷区恵比寿4-20-3 恵比寿ガーデンプレイスタワー 8F
(株)アルファポリス　書籍感想係

メールフォームでのご意見・ご感想は右のQRコードから、
あるいは以下のワードで検索をかけてください。

ご感想はこちらから

本書はWebサイト「アルファポリス」(https://www.alphapolis.co.jp/)に投稿されたものを、改稿、加筆のうえ、書籍化したものです。

大自然の魔法師アシュト、廃れた領地でスローライフ 8

さとう

2023年1月31日初版発行

編集－藤井秀樹・芦田尚
編集長－太田鉄平
発行者－梶本雄介
発行所－株式会社アルファポリス
〒150-6008 東京都渋谷区恵比寿4-20-3 恵比寿ガーデンプレイスタワー8F
TEL 03-6277-1601(営業)　03-6277-1602(編集)
URL https://www.alphapolis.co.jp/
発売元－株式会社星雲社(共同出版社・流通責任出版社)
〒112-0005 東京都文京区水道1-3-30
TEL 03-3868-3275
装丁・本文イラスト－Yoshimo
装丁デザイン－AFTERGLOW
印刷－図書印刷株式会社

価格はカバーに表示されてあります。

落丁乱丁の場合はアルファポリスまでご連絡ください。

送料は小社負担でお取り替えします。


ISBN978-4-434-31347-9 C0093